I CIECHI E LE STELLE

GIORGIO CICOGNA

Alla memoria di mio Padre
e a mia Madre

Sì, parrà impossibile, ma era proprio proibito a Ninì e Lulù, entrare nella biblioteca; come nei giorni prima di Natale, quando si prepara l'albero e i bambini non possono vedere. La mamma vigilava affinchè il divieto fosse rispettato. Papà non doveva essere disturbato. Che cosa faceva? Certo qualcuna di quelle cose molto importanti che i bambini non devono sapere. Sicchè, quando la mamma li chiamò, ed essi poterono irrompere nella stanza, si guardarono intorno, prima un po' meravigliati e poi, forse, un po' delusi. Non c'era nulla di nuovo; nè alberi con le stelline di similoro, nè giocattoli. Libri come sempre, soltanto, dappertutto; e il babbo; il quale si alzò, e li abbracciò come se fosse tornato da un lungo viaggio.

Da un lunghissimo viaggio tornava davvero, papà. Da un viaggio attraverso paesi sconosciuti, inesplorati, vergini; dove la terra cela mille insidie, il piede affonda improvvisamente, s'aprono voragini, si parano dinanzi montagne che sembrano insormontabili e che pur bisogna affrontare e superare, se si vuol raggiungere quel misterioso al di là che racchiude il premio d'altre promesse.

Si cammina a piedi, in quelle regioni, un passo dopo l'altro; e i passi si chiamano numeri; e se qualche mezzo di trasporto permette il valico d'un torrente o d'un burrone, è uno strano veicolo indigeno che ha nome «formula», e, a vederlo, non ci si immaginerebbe mai il suo ufficio. Ninì e Lulù non potevano capire; Luisa non poteva capire; neanche il professor Fratta, con tutta la sua sapienza, poteva capire. Il regno che Alvise aveva esplorato è chiuso, circondato da un aspro reticolato di filo spinato, irto d'aculei. Bisogna che le mani abbiano sanguinato, che la pelle sia stata lacerata da quelle punte acute e spietate. Si può assaporare una suonata senza conoscere il contrappunto, gustare un quadro senza aver mai preso in mano un pennello, esaltarsi ad un carme senza conoscere la prosodìa; ma l'eleganza di uno sviluppo in serie, la chiusa armonia d'un determinante, la snellezza di un metodo d'integrazione, sono fiori d'un orto chiuso per i non iniziati. Il vivente Beethoven della matematica non avrà mai l'incenso e la mirra ch'ebbe l'Einstein della musica; o glieli offriranno in cuor loro gli sperduti re magi di un popolo senza templi nè riti; chè disgraziatamente — o per buona sorte? — quelle bellezze, ignote ai laici, sono quasi ignote ai chierici medesimi di quell'arte.

Da un lunghissimo viaggio. Ora, lieto, assaporava il thè tra la moglie, felice di quella gioia come il pianeta è felice della luce del sole, e i figli, che folleggiavano rincorrendosi. E il suo riposo era quello del troglodita dopo la lotta vittoriosa. I millenni non avevano cambiato che l'avversario e la posta del combattimento. La moglie i figli la gioia erano uguali.

Accoccolata sul tappeto, gli occhi in su, Luisa fantasticava.

Certo egli la amava; certo ella poteva esserne orgogliosa e felice. Anche fra le sue amiche, antiche e recenti, nessuna poteva vantare un marito così fedele e sapiente. Il più piccolo malcontento sarebbe stato ingiusto e crudele. Alvise era perfetto. Certe sue assenze, certe distrazioni, non potevano proprio essergli rimproverate. Erano il rovescio insignificante di una medaglia... quale medaglia! Poi, l'uomo è fatto così. Il migliore degli uomini, il più affezionato e caro, non può essere tutto di una donna. Una donna non può riempire di sè tutta, proprio tutta una mente che non sia, di per sè, deserta. Certo sarebbe più bello. Forse gli uomini non possono capirlo; oppure è proprio necessario che sia così. Tuttavia...

Afferrò Ninì che passava correndo, l'avvicinò a sè, le rifece il fiocchetto azzurro che le fermava un ricciolo.

— Questi bambini cadranno e si faranno male! — esclamò. — Sei stanco? Hai caldo? Vuoi che apra la finestra della veranda?

— Volevi sapere quel che stessi facendo? — disse Alvise. — Ma bada, sai, devi fare bene attenzione!

— Eccomi tutta ad ascoltare. Anzi, aspetta.

Si alzò, andò ad ammonire i piccoli che non corressero troppo, che non facessero gli sventati, che non entrassero a disturbare; poi tornò accanto al marito, e s'accomodò sui cuscini per ascoltare.

— Sai che cosa sono gli atomi? — cominciò Alvise.

— Sì — disse Luisa, franca. — Sono cosini piccini piccini, che non si possono tagliare.

— Brava. Orbene, la fisica attuale, pur non essendo ancora (o non essendo già più) in grado di dare una rappresentazione degli atomi, ammette che essi siano a loro volta composti di cariche elettriche corpuscolari. Tutto ciò che esiste è dunque formato di corpuscoli elementari, variamente raggruppati... Mi segui?

— ...Variamente raggruppati. Allora non è più vero che gli atomi siano indivisibili?

— Sì e no. Si possono dividere, ma allora perdono il loro carattere di «particelle di materia». I corpuscoli, le «cariche elementari» di cui sono formati, non sono già più «materia». Sono un qualche cosa che la nostra mente non può immaginare. Costituiscono l'Universo.

— L'universo? — esclamò Luisa. — L'universo è costituito da cose che la nostra mentre non può immaginare?

— Pensa ad un selvaggio che veda per la prima volta la nebbia. Si formerà un certo concetto della nebbia, ma con la sua mente ottusa non capirà mai come essa sia fatta. Così siamo noi di fronte alla materia. La vediamo ma non possiamo capire di che cosa sia fatta. Fino all'atomo ci arriviamo. Al di là dell'atomo, mistero.

— Anche per te?

— Per tutti. Si è riusciti però a sapere molte cose, sul conto di quei corpuscoli indefinibili. Essi possono combinarsi e separarsi. Nel primo dei casi, quando si uniscono, sprigionano una certa quantità di energia. Questa energia è prodigiosamente grande. L'uomo non è mai riuscito ad utilizzarla, perchè — attenta bene — perchè non è mai riuscito sinora a provocare artificialmente (eccetto che nel campo ristretto della radioattività) le metamorfosi atomiche che sono necessarie per liberarla; per farla uscire. Hai capito?

— E tu... hai potuto?

— Io ho semplicemente trovato che la probabilità che l'inizio di uno di questi processi di metamorfosi abbia luogo è massima quando sono realizzate certe determinate condizioni. In parole povere ho trovato la via buona per giungere a provocare artificialmente lo sviluppo delle sterminate quantità di energia racchiuse nella materia.

Muta, scivolando a poco a poco lungo il fianco della poltrona, Luisa s'era ripiegata su sè stessa, e lo guardava. — V'è un uomo in questo momento nel mondo, — pensava — che ha una sua grande scoperta da annunciare; e quest'uomo è mio marito, e parla a me prima che a chiunque. — Che importava non comprendere tutto? Certo sarebbe stato preferibile, ma forse meno bello! Strinse forte la mano di Alvise, che le cingeva il collo, e la portò alle labbra.

— È una cosa molto importante, vero? — mormorò.

— Sì. Quest'energia è tale — rispose Alvise levando gli occhi al soffitto — che quella sviluppata dalle più energiche combinazioni chimiche è, al confronto, un giuoco di fanciulli. Vedi questa sigaretta? Pesa un grammo. Un grammo di materia. Se tutta l'energia interatomica che questa materia contiene potesse essere sviluppata, se ne ricaverebbero... se ne ricaverebbero, in un'ora, trentaquattro milioni di cavalli.

Trentaquattro milioni di cavalli! Sì, Luisa comprendeva benissimo. Trentaquattro milioni in una sigaretta, dieci volte tanto nel pacchetto! Cifre astronomiche, immense, inimmaginabili... Capiva, sì...

— E potrai fare questo? Potrai liberare questa energia?

— Credo di sì, qui, in questa stessa stanza, sotto i tuoi occhi. Gli esperimenti li farò al laboratorio, s'intende. Ma mi serviranno soltanto al lavoro preparatorio, per trovare una certa soluzione colloidale che è indispensabile. Il resto non richiederà che un raggio di luce.

— Ma, e tutta questa energia? Salteremo in aria?

— Sarà assorbita, in questa prima prova, non temere, da un'altra trasformazione parallela. Quel che mi preme, per ora, è solo controllare l'esattezza dei miei calcoli. Se il processo di trasformazione potrà essere iniziato, solo iniziato per un attimo, basta. Il mio scopo sarà raggiunto. Il mio metodo di analisi matematica riceverà il più clamoroso dei battesimi. Ora, cara Isa, finisco alcuni particolari, e poi, al lavoro!

— Al lavoro? Ma non è finito, il lavoro?

— Finita la teoria. Ora bisogna trovare sperimentalmente, caso per caso, i valori dei parametri che... insomma controllare uno per uno i singoli casi i quali, per così dire, rendono possibile il fenomeno che voglio provocare. Perciò, mentre il lavoro di concetto è terminato, mi rimane da svolgere la parte sperimentale. E ci vorrà parecchio.

— Molti giorni ancora?

— Giorni? Molti mesi! Anni, forse.

— Ma quanti sono questi casi da verificare?

— Oh, sono circa sessantamila! — rispose Alvise scorrendo con l'occhio i suoi appunti. Sessantamila ottocento sei, — precisò; — di cui due da escludere perchè uguagliano a zero tutte le radici. — E, chiuso il quaderno, guardò Isa con l'aria beata dell'uomo soddisfatto di sè, del mondo, e delle cose.

Ma che cosa accadeva laggiù fra Nini e Lulù? Un piccolo conflitto che, chi sa, senza l'intervento di un potente neutrale avrebbe potuto avere serie conseguenze per i capelli di Nina. E Isa dovette correre a metter pace.

— Che amori! — pensò appena, sedata la tempesta, li vide tornare, buoni, al loro gioco — Dimmi, Alvise, non è più bello un bambino di tutta la matematica del mondo?

— È un'altra cosa — rispose Alvise per tenersi sulle generali. — Non si può istituire un paragone fra eterogenei.

— Ma guardali! — insistè Luisa — Che cosa ci può essere di più bello al mondo? Tutto quello che fanno è puro, innocente, senza malizia, senza cattiveria... È bello! È grande!

— Ma... tu sei la mamma — arrischiò timidamente Alvise.

— E tu? Non sei il padre, tu, cattivaccio? Non sei il padre?

— Sì, ma...

— E allora devi capirli anche tu!

— Io li capisco, ma...

— Zitto! Devi capirli senza capire! Hai capito?

Risero entrambi come fanciulli, baciandosi. Poi egli tornò al suo eterno lavoro, ed ella rimase lì, ad adorare.

«Non verrà a capo di nulla».

Le parole del professor Fratta le risuonavano all'orecchio, fastidiose, come uno scampanìo che si attenui o ravvivi col vento, ma che, anche fievole, rimanga sempre presente, fra sensazione e ricordo. Non verrà a capo di nulla. Perchè? Quale autorità, quale competenza poteva avere il professor Fratta, ordinario di istituzioni e diritto, in quella materia? Nessuna; ed ella lo sapeva. Solo un buon senso maccheronico gliele aveva ispirate. Il buon senso statistico di chi, constatando che una mosca sola, su centomila, è bianca, sentenzia, di una mosca che non vede: essa è certamente nera. Giustissimo; in novantamila novecento e novantanove casi.

Ma quello di Alvise era veramente il centomillesimo? Da quattordici mesi egli si ostinava a cercare la sua famosa soluzione colloidale. Le soluzioni colloidali sono intrugli gelatinosi, composti di svariati ingredienti; questo ella sapeva. Se ne possono comporre infinite, variando ingredienti e proporzioni. Quale guida aveva Alvise nelle sue ricerche? Nessuna. Doveva affidarsi — l'aveva ripetuto tante volte — al caso. In quattordici mesi aveva eseguite poco più che ottocento prove; tutte, naturalmente, con esito negativo. Per conseguire questi magri risultati, egli si era sobbarcato ad un lavoro massacrante. Le lezioni che pur doveva continuar a tenere, gli assorbivano gran parte della giornata; si dedicava alle sue ricerche nelle ore libere, e la sera.

La sera! Quattordici mesi che, quasi senza eccezione, Alvise rincasava a mezzanotte, all'una, sempre più pallido, sempre più stanco. Non era crucciato, no. Si manteneva sereno ed affettuoso con lei quanto potevano permetterlo la sua salute che deperiva, e l'ansia che lo tormentava di coronare con un risultato tangibile la sua fatica. «Un giorno mi vedrai tornare con vele bianche» diceva. «Quel giorno ci compenserà di tutto ciò che abbiamo sofferto». Diceva: «abbiamo»; avrebbe dovuto dire: «hai». Per lui il lavoro era la vita, la ragion d'essere. Lavorando s'astraeva e dimenticava. Per lei no, quella snervante attesa non era «vita». I bambini erano un gran conforto, certo; ma i bambini possono colmare tutte le lacune, per una donna, tranne una. Se si fosse trattato di un sacrificio a termine certo, ben definito, lo avrebbe sopportato volentieri; ma chi poteva prevedere la fine di quello stato di cose? E se una fine non fosse più venuta? Se quell'odioso professor Fratta avesse avuto ragione? Se Alvise non avesse potuto venir a capo di nulla? Anche quella sera, come tante altre, la mezzanotte era già scoccata. Quando sarebbe rientrato? Ella si alzò e, in punta di piedi, si recò nella stanza dei bambini. I due lettucci affiancati, sembravano leggerissimamente animarsi al ritmo dei due respiri. Tutto era immobile, eppure qualche cosa di ineffabile, di inconfondibile, testimoniava, contro ogni apparenza, della vita. La penombra della stanza n'era riempita. E quello le parve il mistero, il divino mistero che nessuno scienziato avrebbe mai penetrato; e nessuna «sostanza colloidale» ne avrebbe racchiuso uno di più grande e più bello.

Alvise rincasò a notte alta, reggendo a stento una grossa cassetta di legno; sfatto dalla fatica e dalla commozione, e raggiante. Aveva trovato.

La sostanza pareva chiaro d'uovo, ma più limpida, quasi brillante; e riempiva per tre quarti un gran vaso di cristallo, col fondo traversato da due sottili tubicini all'estremità dei quali erano due piastrine lucenti. Il vaso posava sopra una specie di tripode, che doveva racchiudere nella sua base qualche delicato strumento elettrico, a giudicare da alcuni piccoli quadranti provvisti di indici. L'insieme poteva essere introdotto in una custodia ermetica, il cui coperchio, levigatissimo, pareva di marmo nero.

— Questo è tutto — disse alfine Alvise quando ebbe verificato che ogni cosa fosse intatta. — Come vedi, è molto semplice.

— Questo è l'apparecchio? Questa è la macchina? E va? Va bene? La butterò dalla finestra, sai, se non ci darà tanta gioia per quanto ci ha fatto soffrire!

— Guàrdatene bene! — rispose Alvise ridendo. — Non ho ancora eseguita l'analisi completa, e se perdessi quel che è contenuto in questo bicchiere dovrei cominciare tutto da capo. Allora sì, povera Isa!

— Méttine subito da parte un pochino, allora! — esclamò Isa. — Se il vaso cadesse e si rompesse, come faresti? Vuoi proprio farmi morire di ansia?

— Lo farò, non temere! Vedi, intanto? Per scovare questa dannata composizione, ch'è una proteina disciolta, sono ammattito per quattordici mesi. Ma credi che sia stato sfortunato? Neppure per idea! La teoria delle probabilità mi assegnava un termine approssimativo, dato il ritmo del mio lavoro, di quasi cento anni. Sei contenta?

— Mio Dio! E avresti avuto il coraggio di continuare così per... cento anni?

— Sono stato un pazzo, Isa, lo so! Ma, vedi, ero stato ispirato. Ora non pensiamo più al passato, Isa. Ci si apre davanti un avvenire quale forse non avremmo mai sperato. Una energia praticamente infinita è qui, nelle mie mani, sotto questo coperchio di pergamena. Sembra olio di ricino, guarda!

— Che cosa farai? Come farai?

— Tutto è pronto, Isa! La casa era preparata per ricevere l'ospite sin dall'anno scorso. Ricordi i miei studi sui cristalli? Ricordi quanta importanza attribuissi ad essi? Bene, ascolta. La liberazione dell'energia contenuta in questo liquido non può avvenire che per effetto di onde immensamente piccole. Tu sai, Isa. Il suono, l'elettricità, il calore, la luce, i raggi x, tutte vibrazioni sempre più rapide e sottili, sempre più lontane dai nostri mezzi di investigazione. E al di là delle più sottili, sai che ve ne sono ancora altre, quelle che i fisici hanno chiamato «radiazioni penetranti». Onde così brevi e rapide che traversano qualunque sostanza, ogni ostacolo; e giungono alla Terra dopo aver percorso non gli spazi limitati del nostro sistema stellare, ma quelli inimmaginabili che ci separano dalle nebulose spirali. Distanze che si misurano a milioni di anni luce... Bene, queste radiazioni accenderanno il processo di disintegrazione atomica di questa piccola massa inerte. Guarda il coperchio della custodia. Sembra marmo. È un cristallo raro, un cristallo sintetico che io stesso ho creato quando ho potuto penetrare la legge di formazione dei piani reticolari... Ricordi? Questo cristallo è la sola sostanza al mondo che sia capace di far convergere le radiazioni penetranti allo stesso modo che una lente fa convergere i raggi luminosi.

— Sei un mago, Alvise! — interruppe Luisa guardandolo con infinita venerazione. — Io, debbo chiederti perdono, se mi sono mostrata impaziente, insofferente. È perchè non so... non sapevo...

— Tutto è nulla, Isa, tutto è nulla, se le cose «andranno». Ora, vedi, quei due tubicini che escono dal fondo del recipiente, sono collegati ad un indicatore termoelettrico di estrema sensibilità. Esso ci permetterà di accorgerci immediatamente del fenomeno, appena avrà avuto inizio. Se il composto non assorbisse, poi, tutta l'energia, man mano che si sviluppa...

— Ebbene?

— Non ci rimarrebbe il tempo di addolorarcene, e neppure di dire: oh! Tu, ed io, e questa casa, e cento altre intorno, tutto rimarrebbe volatilizzato all'istante; se pure il fenomeno, una volta innescato, non continuasse fino ad incenerire il mondo intero... Scherzo, sai. Prima di tutto ciò non accadrà. E poi, vedi, c'è l'indicatore; che fa da allarme. Non aver paura. L'occhio soltanto, rileverà un cambiamento di colore, dovuto alle reazioni di assorbimento interno. Attenta.

Rimise il vaso sul suo piedestallo, poi, lentamente, con precauzione, introdusse il tutto nella custodia, sotto la lastra di cristallo che avrebbe operato il prodigio.

Non poteva, non poteva continuare così!

La sostanza, le radiazioni, l'energia... Che importava a lei? Che importava a lei? Il suo Alvise, il suo amore, impazziva per quelle idee troppo grandi, per quelle cose troppo difficili. Ella non contava più niente; i bambini neppure. Lo vedeva, lo capiva! Il «suo» mondo era quello: un mondo di astrazioni e di idee, fredde, aride, lontane dal cuore. Ecco che il mancato realizzarsi di una previsione scientifica lo straniava dalla vita e dagli affetti, lo allontanava da lei, dai figli, da tutto. Aveva ragione il professor Fratta! Aveva ragione il professor Fratta!

S'asciugò gli occhi, cercò di ricomporsi, cercò ancora una volta di farsi forza. Alvise era entrato, s'era seduto alla tavola, gli occhi fissi ed intenti all'apparecchio, la testa fra le palme.

— Quello che mi dà le vertigini è non capire! — esclamò. — Se nulla fosse accaduto, se questa maledetta sostanza fosse rimata quieta, pazienza! Avrei pensato di aver fatto male qualche calcolo, di essere stato un po' precipitoso nelle mie conclusioni. Ma qui sono successe cose inesplicabili. Perchè la superficie superiore del miscuglio s'è ingobbata verso l'alto? Perchè? Non c'è coagulazione, non ci sono variazioni di densità, nè di proprietà chimiche. Da ieri ho fatto tre saggi di verifica. Il fluido è perfettamente omogeneo, come quando l'ho messo nel suo bicchiere. Che cos'è questo indovinello? Da quando in qua un fluido non si dispone secondo una superficie di livello?

— Amore mio, perchè affaticarti così? Perchè tormentarti? Tutto ciò che non comprendi a prima vista, lo sai, lo sai bene, si chiarisce sempre poi, con un po' di tempo e un po' di pazienza. Vuoi ammalarti? Ammalarti ora che stai per raccogliere il frutto della tua fatica?

— Ma non capisci che questo è un fatto contrario alla legge di gravità? Hai mai visto un fiume scorrere dalla foce verso la sorgente? L'hai mai visto?

— Ragione di più per non arrabbiarsi. Qualche cosa di nuovo è appunto accaduto; e domani tu lo capirai; e la tua grande scoperta sarà cosa fatta. Non ti sembra?

— Mi sembra che batter la testa sui muri sarebbe ancora poco! — gridò Alvise. — Non mi sono spiegato dunque? Non hai capito quello che ti ho detto? Qui non ci sono radiazioni nè diavolerie che tengano! Qui c'è un bicchiere con un liquido, guarda! — Tolse il vaso dal suo supporto, lo posò sulla tavola poi l'alzò contro la luce, lo inclinò un poco, lo rimise orizzontale — Una cosa liquida, o quasi liquida, perfettamente normale, fredda, senza alcun principio neppur lontano di disintegrazione interna, nella quale io posso introdurre il dito — guarda! — e che di per sè, lasciata a sè stessa, senza azioni esterne od interne, se ne sta... se ne sta... Non lo so neppur dire! Se ne sta così come tu vedi! Ma vedi anche tu che è rotonda di sopra? O sono io che ho le traveggole?

— Sì, rotonda — disse Isa tranquillamente — Ma non vedo perchè tanta meraviglia, dopo tutto. Anche... Anche la pasta del pane, quando lievita, non «monta»? Sarà «montata» anche questa.

— Per carità, Isa, per carità, non dire! Non puoi, non puoi capire!

— Alvise — sussurrò Luisa dopo un lungo silenzio, appoggiandosi pian piano alla sua spalla, con tutta la dolcezza che potè — Alvise, ascoltami. È tardi, ora. Tu sei stanco. Hai tanto bisogno di riposo. Vieni a dormire. Vieni a fare un bel sonno lungo lungo, quieto quieto, senza pensare proprio a nulla. Per il tuo bene, sai, per te. Domattina ti sveglierai fresco e riposato; e questi problemacci li risolverai, col tuo testone, come bere un bicchier d'acqua. Ho ragione? Ho ragione Alvise?

Egli si lasciò condurre, e poi obbedì in tutto; fuorchè in una cosa; chè il pensiero non si comanda; o per saperlo comandare bisogna essere qualche cosa più che scienziati.

Nel tempo dei tempi, quando la Terra era appena uscita dagli sconvolgimenti della sua infanzia travagliata, il regime delle acque e dei venti, delle temperature e delle stagioni, era molto diverso da quello attuale. I geologi sono concordi, a questo proposito, nel non concordare con le ipotesi; e non è colpa loro, ma del gran tempo trascorso da quei giorni ad oggi. Tutti però sanno che un giorno, presso la deserta spiaggia di un continente appena formatosi, lungo la zona umida che la marea scopriva e ricopriva ritmicamente, per la prima volta sul pianeta una cellula visse.

Fu una vita infinitamente semplice, accompagnata e illuminata da un grado di coscienza così tenue da parere nullo. Ma fra lo zero e la più piccola cifra significativa che la mente possa concepire v'è pur sempre un abisso; e quell'abisso era per la prima volta colmato.

Molti milioni di anni più tardi ciò doveva dar luogo ad un grande strepito di discussioni cortesi e scortesi tra vitalisti e non vitalisti; ma la piccola cellula non poteva pensare, fra le conseguenze, a questa. Se avesse avuto un pensiero, esso sarebbe stato: «Io mangio!». Il primo istinto, il primo embrione di affermazione era stato l'imperativo del nutrimento; e dovevano passare legioni di secoli prima che l'impulso vitale acceso in seno alle singole cellule susseguentisi senza continuità, suggerisse alla prima d'esse di sdoppiarsi per dar luogo, con la prima gemmazione, alla prima forma di conservazione della «specie».

Ma il Sole, il grande motore che aveva attivate tutte le energie terrestri, era estraneo al prodigio. Questo gigantesco operaio d'ogni lavoro della Terra, questo infaticato artiere che alimenta tutte le vite e ne regge il corso e le vicende, non racchiudeva nei suoi raggi la virtù creativa che fa scaturire la vita dalla non vita.

Erano esse, le infinitamente piccole radiazioni, che l'avevano portata di lassù, dagli universi ultra stellari, messaggere di un segreto che deve essere sussurrato a tutte le città della gran patria celeste.

E subito, non appena Alvise aveva posto il liquido sotto il cristallo, le messaggere s'erano messe all'opera. Nella massa fluida e bianchiccia, concentrate dal cristallo, erano confluite a torrenti, inesauribili ed inesauste, dopo i millenni di un viaggio tra gli spazi eseguito con la velocità della luce. Così sottili da poter attraversare uno spessore di molti metri di piombo prima di essere arrestate, scorrevano a fiotti lungo gli interstizi tra le molecole della proteina contenuta nel bicchiere, s'insinuavano entro la compagine delle molecole medesime, come un getto d'acqua attraverso gli àcini di un fitto grappolo di uva; s'infiltravano entro le connessure stesse degli atomi più complessi, traversandone milioni senza indebolirsene. Quale ostacolo rappresentava quell'oncia di materia al loro impeto? Nulla; il velo di una rete tesa attraverso un'impetuosa corrente. Ma, concentrate dal cristallo, converse tutte verso un punto centrale di quella massa fluida, la loro energia vibratoria era costretta a comunicarsi in parte a quella materia, che n'era frugata e forzata; ed era come se impercettibili brividi trascorressero per la massa biancastra; brividi di ampiezza inapprezzabile per noi, brividi che scuotevano gli infimi granuli costitutivi di quella materia. E a poco a poco il miracolo avvenne; nè il suo processo può essere descritto con parola del macrocosmo; cariche elettriche, elettroni, quanti, ciò che il linguaggio umano ha fissato entro i termini di una definizione e ciò che non vi ha potuto ancor costringere, gli elementi che giocano la gran partita dell'universo, conversero a poco a poco la ridda dei loro movimenti in un ordinato susseguirsi di oscillazioni, non più obbedienti alla sola legge del caso, ma armoniche, legate ormai l'una all'altra da una legge comune; e come milioni di anni prima spontaneamente, così per la prima volta per artificio di uomo, la materia accolse il messaggio.

Non era l'effetto che Alvise aveva preveduto ed atteso. Era un'altra cosa, ancor più meravigliosa ed augusta.

Il letto aveva già accolto Alvise insonne quando il primo visibile fremito aveva fatto palpitare la morta soluzione prigioniera del vetro; e solo l'oscurità e il silenzio erano stati testimoni del prodigio. Ora, dopo una giornata che era stata di vano tormento per lo scienziato e di trepida angoscia per la sua compagna, un'altra notte era calata sul mondo; e una creatura ormai nata, ormai vitale, lottava già per obbedire ai fini misteriosi che la vita comanda.

Quella che era stata una pozza liquida entro un recipiente, era divenuta durante la seconda notte una forma ovoidale, gelatinosa, non più avida di aderire alle pareti secondo la formula bruta del peso, ma anelante di stringersi intorno ad un nucleo centrale. Ma il modo desueto del risveglio, e le particolari qualità della sostanza proteica che Alvise aveva inconsciamente scelto, avevano dato origine al sorgere di una creatura infinitamente più complessa di una cellula primigenia. Era un essere mostruoso, ma complicato e, in un certo orribile senso, perfetto; una genitura ibrida che non poteva appartenere ad alcuna famiglia di individui terrestri, ma non aveva neppure la elementare struttura di un protozoo. L'opera dell'uomo aveva fatto nascere un essere fuori d'ogni legge, fuori d'ogni realtà; gli aveva acceso dentro un formidabile, sproporzionato fuoco di vita, aveva osato sostituirsi al destino nel compito dell'evoluzione. In seno al magma argenteo un punto più scuro, impercettibile dapprima, poi man mano più distinto, si formò a poco a poco; si ingrandì, s'addensò. Miriadi e miriadi di molecole, sciami innumerevoli d'atomi roteanti, inseguendosi, urtandosi, collidendo, perdendo e acquistando corpuscoli in tutte le direzioni, si agitavano, roteavano, turbinavano intorno a quel nucleo. Una trasformazione profonda, crescente via via con ritmo accelerato, modificava la struttura chimica delle zone circostanti; quei moti non erano casuali; obbedivano ad una entelechìa, riflettevano la imperiosa necessità che assegna ad ogni essere organi e funzioni.

All'alba, la massa aveva quasi finito d'obbedire al richiamo. Una specie di incudine molliccia, trasparente e madreperlacea, come una strana medusa, sorgeva già dal bicchiere. Tre estremità tondeggianti, a tripode, poggiavano ancora sul fondo; ma già il corpo si era assottigliato, e i due tronconi superiori traboccavano dall'orlo. Un lentissimo movimento, come di verme che tenti la via innanzi a sè, li animava. Al vertice di uno di questi tronconi, un'iridiscenza balenava a tratti, rapidissima, come quelle che lampeggiano sulla superficie nuda di un acciaio esposto alla fiamma. Erano gli strati di molecole che incessantemente si formavano, intenti a costituire l'embrione di una testa.

Qualche ora dopo, tutta quella estremità era scura e densa come l'epitelio degli alluci nei felini. Il tripode vivente nella sua prigione di cristallo ebbe un sussulto; tutto il corpo parve divincolarsi come in uno sforzo di liberazione; oscillò un attimo sullo scrìmolo dell'orlo; poi traboccò, abbattendosi pesantemente, con un piccolo tonfo sordo, sul tappeto della scrivania. La «cosa» lasciava il suo alvo per il mondo.

— Questa volta non mi rimprovererai d'aver dormito poco! — disse Alvise mentre si vestiva in fretta. — Avevi ragione, però! Un buon riposo fa bene, di tanto in tanto. Mi sento un altro, oggi. Perchè mi guardi così? Ti meraviglia vedermi allegro?
Effetto di stanchezza, sai, il mio malumore — proseguì senza attendere la risposta. — Tossine che si accumulano; col riposo il sangue se le porta via piano piano; l'organismo si svelena e torna il sereno. Oggi sento che verrò a capo di qualche cosa. Sei contenta?
L'impulso di gridare, di trattenerlo, di dirgli subito tutta la verità mosse le labbra di Luisa, per un attimo; ma le parole non uscirono. Rimase lì, raggelata, senza respiro, ad attendere. Ecco, era entrato nello studio; si avvicinava all'apparecchio, guardava, vedeva... Sentì l'aprirsi e il richiudersi, secco, della custodia; il rumore di qualche passo concitato; poi, dopo un silenzio che parve eterno, nell'inquadratura della porta, apparve la maschera muta e sbalordita di Alvise.
Il recipiente era vuoto, la sostanza era scomparsa, ella lo sapeva già da qualche ora; dal momento in cui, appena levatasi, un'istintiva curiosità l'aveva spinta ad entrare nello studio. Una gran nube le era scesa intorno, una specie di nebbia che le impediva di immaginare, di prevedere, di pensare. Che cosa era accaduto? Che cosa avrebbe fatto Alvise? A quali altri sconvolgimenti il nuovo fatto misterioso avrebbe condotto? Macchinalmente, come ogni giorno, aveva preparato i bambini, li aveva guardati scomparire accompagnati dalla governante lungo la solita via, verso la scuola da cui sarebbero tornati soltanto la sera; poi s'era aggirata da una stanza all'altra, di pensiero in pensiero, attendendo il risveglio di Alvise, tremando per il momento in cui egli avrebbe veduto e saputo.
Eccolo, quel momento. Era giunto. Alvise, come trasognato, dopo qualche domanda si era immerso in un mutismo cupo, in una specie di tetra rassegnazione. A che cosa pensava? Quali idee lo tormentavano? Avrebbe voluto ricominciare la via tremenda delle prove e dei tentativi? O si sarebbe accasciato sotto il peso di quel colpo? Con quali conseguenze per lui, per lei, per la loro felicità?
Le ore passarono, nere, uguali, come nell'ombra di un lutto che si fosse repentinamente addensato, senza che Alvise parlasse. Quali parole avrebbe potuto pronunciare? A che pro? Pensava; nell'immenso vuoto in cui gli pareva di essere stato ad un tratto sbalestrato, solo l'esile filo del pensiero lo ricollegava alla vita; e tesseva in silenzio, una dopo l'altra, le tele delle ipotesi più avventurate, più assurde; una dopo l'altra, le vedeva sfarsi, cedere, sgomitolarsi, ridursi a quel filo sottile con cui bisognava pur ricominciare a tessere, a tessere...
La febbre. Come un fanciullo si lasciò ricondurre al letto da cui era balzato giù poche ore prima con tanta speranza e fiducia; si lasciò accarezzare, inerte, dalle mani amorevoli di Luisa; si lasciò sommergere senza resistenza dall'onda di una smisurata stanchezza; le palpebre gli ricaddero, s'assopì. Ella uscì piano dalla stanza, si recò nello studio, si lasciò cadere sulla poltrona, anch'essa affranta da una stanchezza dolorosa.
E mentre singhiozzava sommessamente, la faccia tra le mani, la bella fronte reclinata quasi fino alle ginocchia, qualche cosa, nella penombra della sera, lampeggiò lassù, sul soffitto, agli ultimi raggi del giorno, con un riflesso argenteo. Qualche cosa di indescrivibile, di orrendo, oscillando si staccava pian piano dall'intonaco della volta, fino a che non fu più trattenuto, e cadde. Una massa grigiastra, molle, gelatinosa, le sfiorò i capelli, le strisciò lungo l'òmero, s'abbattè con un tonfo sul bracciuolo di cuoio della poltrona, poi rotolò sul pavimento, contorcendosi.
Allora nella donna esausta parve destarsi il serpente che dorme nel più profondo lago della coscienza femminile. Nel suo cuore atterrito la paura non ebbe tempo di urlare, sopraffatta dall'istinto più forte

della maternità. I bambini! I bambini! Ebbe la forza di alzarsi, uscire, chiudere a chiave la porta dietro di sè. Il mostro era prigioniero; per il momento non avrebbe potuto nuocere. Ora avrebbe chiamato Alvise. Aprì la bocca per gridare; non aveva più voce; mosse un passo, cadde bocconi svenuta.

Che aria tiepida! Davvero l'estate incominciava a farsi sentire! Nini e Lulù, fra grandi strilli di gioia, correvano intorno alla governante, battendo rumorosamente le scarpette sul marciapiede e cercando le piccole pozzanghere, ahimè, non per scansarle, ma per farne schizzar l'acqua intorno intorno, con grande scandalo della miss, che minacciava un severissimo rapporto. Quella sera erano stati proprio cattivi. Lulù, fra l'altro, aveva raccattato un pezzo di legno, e non lo voleva assolutamente lasciare, malgrado gli ordini perentori della governante, la quale non poteva permettere che bambini per bene si comportassero come monelli di strada.

Quando giunsero sotto le finestre di casa la miss era ancora cento passi indietro e, approfittando della distanza, Ninì non si lasciava sfuggir l'occasione di voltarsi a farle le più belle boccacce del suo vasto repertorio. Ma fu distratta dalla vista di un animale strano, che si muoveva proprio sotto la finestra dello studio di papà.

— Uh! Uh! — gridò chiamando il fratellino.

— Che cosa c'è?

— Uh! Uh! — rispose Ninì — Brutto! Brutto!

Si fermarono a guardare. Era un animale certo strano, e ben buffo! Aveva tre zampe sole, così almeno pareva, e una specie di testa a cuneo, che si moveva in un modo ridicolissimo e antipatico.

— È una gallina?

— È un «lospo!»

— Un lospo? E che cosa è un lospo?

— È una rana cattiva — spiegò Lulù. Poi allungò un piedino e cercò di rovesciarlo.

Le tre estremità del mostricciattolo gli si avvinghiarono alla scarpetta come i tentacoli di un polipo.

— Uh! — gridò Lulù arrabbiato, dando una gran pedata — Cattivo!

— Sì, cattivo, cattivo! — si associò Ninì, e corse a prendere un grosso sasso per castigarlo.

— Che cosa fate là? Che cosa avete trovato? Lasciate subito stare! — gridava la miss. Ma, sì! Chi l'ascoltava?

Lulù aveva già fatto ricadere due o tre volte il suo bastone come una clava sul corpo della strana bestia; e il tessuto molle, spappolandosi sotto i colpi, lasciava trasudare un umore lattiginoso e argenteo, che rigava la polvere come una scia di lumaca.

— È una lumacca! una lumacca, guarda! — gridò Lulù alla sorellina. Ma questa, senza curarsi della spiegazione, prese la misura e, paf! lasciò cadere la pietra che aveva portato, proprio nel mezzo del corpo già mezzo sfatto.

In quella sopraggiunse, fragoroso e strombettante, un autocarro. I due bambini si scansarono; e avrebbero voluto gridare di fermarsi, che c'era una bestia cattiva ammazzata da loro; ma quando l'autocarro fu passato, non rimaneva più nulla, della bestia. Se l'era portata via, con sè, una ruota del veicolo. Per un po' videro qualche cosa di biancastro, come un cencio avvolto, che girava con quella; poi più niente.

— Che peccato! — concluse Ninì — L'avevo proprio «massato» io!

Ma già, a questo mondo non si può mai godere il frutto della propria opera.

La notte azzurra era sul finire; la gialla, non ancora prevalsa, colorava l'orizzonte presso il segno della Chimera, con un chiarore diffuso che invadeva il cielo a poco a poco, giocando d'iridi con le nubi altissime e rade, immobili nella remota sfera degli aloni.

I basalti i quarzi gli schisti lampeggiavano nel silenzio immenso della montagna.

Stormi nereggianti si levavano a tratti, frammettendo al sibilo delle membrane l'urlo lugubre, simile ad un singhiozzo, con cui salutavano, ad ogni ritorno, il satellite giallo testimone del loro risveglio e delle loro incursioni.

Calavano vertiginosi sulla pianura, dai picchi deserti, formidabili d'impeto e d'ardimento, per la caccia breve e terribile della notte gialla.

Hrn lo sapeva e vigilava. Incastrato nella roccia, ravvolto nelle squame dure della pelle che lo cingeva a protezione, premeva con tutto il suo peso sui due orli del crepaccio, per non scivolare, e attendeva. Passato il pericolo, sarebbe risalito, su, verso l'osservatorio.

Quando fu in sommo, gettò la pelle e si fermò, beato. Sentiva l'aria penetrargli, vaso per vaso, in tutte le fibre, leggera e vivificante. In alto, nella fosforescenza d'oro di mille aloni concentrici, la luna trionfava con bagliori di topazio.

La montagna era ormai una tempesta di splendori gettati alla rinfusa sullo sfondo lontano e nebbioso della pianura. Basso e rotondo l'osservatorio gli stava vicino. Entrò. L'oscurità più profonda custodiva i minuscoli e perfetti apparecchi con cui egli violava i segreti dei mondi.

Si muoveva nel buio senza rumore, esatto e preciso, intento ad un misterioso lavorìo di osservazioni; e guardava le stelle. Non guardava, anzi. Le immagini degli astri gli giungevano, dagli strumenti, direttamente alla coscienza, fuor del tramite dei sensi; comunicavano, soli, nebulose, universi, per vie a noi ignote, con l'essenza stessa della sua vita.

Ed egli, Hrn, pensava.

Nella vastità infinita dell'esistente, nella varietà senza limiti delle vite, una sola energia, una sola immagine attiva ed operante della divinità, accomuna i grandi e gl'infimi, gli arcangeli e gli embrioni: il pensiero. Nato dallo stesso fervore di vitalità, rivolto alla medesima mèta, strumento d'ogni divenire, utensile che la creatura stessa inconsapevolmente si forgia quando la sua legge la spinge ad uscire dal grigio degl'istinti per inoltrarsi lungo le vie della conoscenza, il pensiero lavorava anche lassù, tra lo sfioccar delle nervature e l'intreccio dei vasi, in quello che noi avremmo chiamato il cervello, o quasi, di Hrn. Anch'egli Hrn, pensava; e si volgeva, dal mondo dei tre satelliti, nella notte gialla e silenziosa, all'al di là; oltre i confini della sua coscienza, dove la sua sapienza ammutoliva; e, popolava l'oscurità d'immagini palpitanti e vive, come se la forza del suo desiderio avesse potuto recargli l'ignoto sotto l'angusta volta della cupola, e stracciarne il velo, e offrirglielo.

Un mondo, una stella giallastra, dall'infinita distanza degli spazi, lo chiamava: il Sole; il nostro Sole, l'unico Sole che gli aveva potuto mostrare il gregge intero dei suoi pianeti. E di questi, soltanto di questi, fra i miliardi di fratelli popolanti gli universi, egli aveva potuto, per la posizione del suo osservatorio, penetrare i segreti.

Nettuno, Urano, Giove, Marte, la Terra. Le radiazioni prepotenti del Sole eclissavano il tremolio scintillante degli altri, inferiori. La Terra, ultima Thule, nel pensiero di Hrn, infocata e riarsa da torrenti di luce e di calore, a ottocento diametri di distanza da quella stella che Hrn calcolava otto volte più calda di Alahàbis — il «suo» sole — roteava senza posa. Esseri favolosi l'abitavano. Forse, per il gran calore, catafratti di incombustibili scorze. Forse, per la giovinezza dell'astro, simili a quei mostri che la leggenda diceva scesi dal satellite azzurro, nelle migrazioni prevulcaniche dell'antistoria. E il sogno della sua vita, dei primi secoli della sua vita già sul declinare, si riaffacciava alla sua fantasia; il gran sogno orgoglioso per cui s'era macerato tanto a lungo nelle viscere del pianeta, laggiù, lungo i trafori interminabili che conducevano ai sotterranei della sapienza. Il sogno che forse la generazione successiva avrebbe salutato realtà: uscire, balzar fuori dalla sfera dei venti, dalla sfera degli aloni, lasciare il regno di Alahàbis, l'ammasso di cui esso era parte, e sopire la vita per ridestarla laggiù, vicino a quell'altro sole, vicino a quegli altri pianeti...

Non mancava che un anello alla gran catena; l'artificio per il risveglio. E aveva arenato per secoli i sapienti, limitando le esplorazioni entro gli angusti confini della vita: sette, ottocento anni. Al di là non si poteva andare. Per arrivare sulla Terra ne sarebbero occorsi sessantamila.

Ed ecco, dall'ombra profonda il fremito di una cosa viva correr tra gli ordegni precisi, riempire la cavità, disperdersi per il labirinto dei trafori e dei cunicoli che s'insinuavano nel monte; la presenza d'un altro essere nascosto, spossato dallo sforzo della dissimulazione, rivelarsi in un incontenibile sussulto.

Nell'oscurità assoluta Hrn percepì l'intruso.

Un Dàvis, un nemico, uno della razza implacabilmente ostile, contro cui egli e la sua stirpe combattevano già da secoli. Com'era salito lassù? come aveva potuto rintanarsi nell'osservatorio, proprio nel momento in cui la montagna, per il mutar delle lune, era più inaccessibile, e gli stormi dei rapaci calavano dalle vette, ingordi di preda?

Pensò per un attimo che avesse portato con sè il fiore agghiacciante, a cui nessun vivente resiste; ed ebbe un lampo di paura. Ma no. L'intruso era inerme e si sentiva ormai perduto. Il ritmo del suo fremito si faceva grosso ed irregolare, simile al crosciar d'una fiamma percossa dal vento. Era suo. Allora Hrn cautamente s'accostò al più piccolo degli apparati che intercettavano i raggi degli astri infinitamente lontani; e converse in offesa la teoria dei sottili artifici e dei congegni di osservazione. Così, come era stato preparato tanto tempo innanzi, prima che la guerra si fosse scatenata fra i Dàvis e la sua gente, per la prima volta l'osservatorio si tramutò in fortilizio. Ma non toccò i grandi apparecchi, capaci di rigettare per le rupi un esercito; nè le armi mortali; voleva il nemico vivo; vivo e impotente, vivo e vinto per sempre, incapace di muoversi, di agire, di reagire, confitto per tutto il resto della vita nella disperazione.

E, raggiuntolo, afferratolo, immobilizzatolo, gli serrò con tutta la sua forza i néssi fatali. L'altro, conscio della sua sorte, si dibatteva sotto la stretta, lanciando forsennatamente da ogni interstizio fra cellula e cellula fiotti d'aria gelida; e la lotta, nella cavità aerea del monte, tra lo sventagliar delle membrane e lo sfrustar delle fibre, tra gli schiocchi e gli sbattimenti, pareva una battaglia d'aquile. Poi Hrn potè liberarsi un arto, e con un tocco leggero sull'ordegno che aveva accanto, fulminarlo.

Il Dàvis, orrendo, trasfigurato, annaspò l'aria simile ad un drago creato per atterrire; e la disperazione che gli attanagliava lo spirito cercava, folle, un varco nel pianto, nell'ira, nella morte. Ma tutto era finito; il destino si compiva; nulla, al mondo, mai più avrebbe potuto salvarlo dalla dannazione che Hrn gli aveva inflitta. Avrebbe compreso per secoli, con spaventevole lucidità, tutto quel che gli avveniva intorno; ma la coscienza intatta non avrebbe saputo, mai più, dare di sè, all'esterno, altro segno che non fosse di delirio. Finito per gli altri, finito per le cose, avrebbe portato con sè, sino alla fine, il martirio senza soccorso. Neppure avrebbe potuto, come di tutti, come fino dei più umili e dei più miserabili era diritto, darsi, nel giorno della gran chiamata, la morte.

Avrebbe dovuto attendere, rudero inutile e spasimante, che la dissoluzione si compisse.

E Hrn, àlacre e leggero, incurante della vittima, riprese il lavoro interrotto. Soli, pianeti... la Terra. Ultima Thule, la Terra. Dove forse esseri favolosi... Ma no. Forse sulla Terra, nel torrido clima, l'evoluzione s'era compiuta più rapidamente; e gli abitatori di essa, chi sa? più saggi e progrediti, conoscevano i segreti ch'egli perseguiva. La guerra, ogni guerra, laggiù, doveva essere scomparsa da un pezzo.

— Pura fantasia. Al di sopra di un certo limite nessun essere vivente può resistere. E i frammenti di cui parli, le cose morte che discendono dall'infinito, racchiudono un segreto che non violeremo.

Queste le parole; non questo il suono; che, laggiù, nell'abisso nero, settemila metri sotto il livello del mare, non si parla per voci. Tutto è silenzio, freddo e chiuso silenzio.

L'uomo che potesse discendervi non udrebbe se non il rumore del suo passo senza snellezza, in un mondo sigillato all'aerea festosità dei gesti dei moti dei gridi.

Gli esseri che l'abitano scivolano invisibili, ombre nell'ombra; e le tombe dei nostri cimiteri, nell'orrore della loro cava nudità, non racchiudono tanta pesantezza di morte.

Ma una gente irrequieta, a branchi, a sciami, formicolando, brulica per gli spazii ciechi; e le vallate e le distese del fondo se ne illuminano al passaggio come di una fioca aurora; e al riverbero che se ne spande le alghe giganti e le erborescenze e i tentacoli dei mostri d'altura si disegnano in una opalescenza diffusa, come in un camposanto sotto il plenilunio le croci e le colonne e le piante.

Passano gli abitanti della profondità; passano, polvere di stelle in un'immagine capovolta di cielo, i nòmadi schiavi del fondo; e non v'è testo di dottrina che li nòveri, homo sapiens cui non turbano la quiete piatta del recte agere e del recte scire le mille vite che non alimenta il tuo sole.

Il glomo pallido, come di vischio, ma ovale, quasi diafano, appena illuminato da un chiarore blando, che aveva parlato, tacque; e sùbito la sua fosforescenza aumentò. In mezzo alla materia perlacea di cui era fatto il suo corpo, spiccava, bruno, il nuclèolo centrale; non fisso, ma quasi natante in seno alla sostanza fluida che lo imprigionava. L'epidermide che la racchiudeva, irta di piccoli e corti tentacoli, era più tenue e trasparente della pelle dell'uovo, sotto il guscio, e s'increspava e corrugava leggermente di quando in quando. Altre vibrazioni, più sottili, gli permettevano, come a tutta la sua gente, di esprimersi; mute per un orecchio umano, mute per qualsiasi strumento terrestre. Nessun cristallo di quarzo sarebbe stato così sensibile da raccoglierle, tanto esili esse trascorrevano tra l'uno e l'altro degli individui del branco.

Il suo interlocutore, che solcava lentamente accanto a lui l'acqua persa della gran fossa atlantica — Tutti i nostri popoli — rispose — e ogni stirpe, ed anche i più lontani dell'oltrefreddo, ed anche gli sperduti delle gemmazioni più remote, hanno sempre avuto fede in una cosa misteriosa che esiste al di sopra del buio. Dalle mie gemmazioni antecedenti qualche cosa è rimasto anche in me, che mi fa parlare; è rimasto in te; è rimasto in tutti. Perchè disconoscere? Perchè negare?

— Questo discorso è stato fatto, prima di te, da centinaia e da migliaia di tuoi predecessori. Ed è un discorso....

S'interruppe. Un avviso, un segnale d'allarme lanciato dal gruppo di testa, traversò fulmineamente le schiere; e tutte le luci si spensero di colpo. Sparito, svanito tutto il branco, come una gala di lampade allo scatto di un interruttore. C'era un nemico; un grosso essere scaglioso e irto d'aghi, gran divoratore della gente luminosa. Nel buio, la torma aumentò di velocità, mutando direzione; e quando si ritenne sicura dall'avversario, che per buona sorte è quasi cieco, riprese a poco a poco la sua fosforescenza; chè nessuno poteva rimaner spento a lungo; e i più gagliardi avrebbero potuto trattener la luminosità quanto un uomo il respiro.

— Ed è un discorso inutile e sciocco — riprese la sfèrula dilatandosi tutta per riprendere forza dopo la fatica fatta. Può darsi che esistano, al di là e al disopra del buio, delle forme di vita. Ma quali forme? Quale vita? Metti mille di noi uno sull'altro; l'ultimo, in cima, sarà già gonfio come un mostro. Che cosa ci può essere, di vivente, che resista a quella terribile rarefazione? Puoi tu concepire un essere pensante e cosciente, capace di rilucere, di vibrare, di scindersi, nel vuoto più spaventoso dove non resiste che la materia bruta, come i frammenti di cosmo che testimoniano di quel «qualche cosa» che tu sogni? Dimmi, puoi immaginarlo?

Ma l'altro non rispondeva. Assorto nella sua idea avrebbe dato, per sapere, tutto ciò che di dolce e di bello gli prometteva la vita, da poco schiusa; anche l'attimo della gemmazione, quello che dà, al singolo, per un istante, la divina gioia di perpetuare di sè, da sè solo, la stirpe...

— Pensa alla realtà, pensa a compiere la tua missione. Le alghe minute di mezza costa attendono ancora l'opera di migliaia di noi per dar buon succo. Chi nutrirà le gemme se non le coltiveremo amorosamente? Chi preparerà i piccoli al gran trasporto? Chi andrà a riconoscere tutti gli anfratti per la migrazione prossima?

— Parlano di un gran soffio — rispose l'altro senza ascoltare, seguendo il suo pensiero — che qualche volta sconvolge tutto lo spazio, venendo su dal fondo; e distrugge ogni cosa vivente.

— Chi l'ha sentito? Sciocchezze come tante altre; e perditempi. Non è fantasticando su queste fandonie che si progredisce. Trecento gemmazioni or sono la nostra specie non distingueva ancora un sasso da un fuco. Credi tu che si sarebbe compiuto tanto cammino in così breve tempo se tutti avessero sperperate le loro forze, come fai tu ora, a meditare sulle cose irreali?

— Ma se il pensiero è una conquista, esso è pur uno strumento! Che cosa varrebbe aver raggiunto questo stato di coscienza se non se ne usasse? — protestò il piccolo òvulo, agitando tutti i tentacolini in ogni senso — «Lavorare per l'evoluzione!» e quando fermarsi? Quando ritenersi giunti? Se vi siano altre vite al disopra e al di sotto del nostro mondo non ti pare cosa che valga la pena d'esser meditata?

— Se Dio permette che qualcuno viva lassù — disse alla creatura dell'acqua la più savia sorella — la sorte dev'esserne ben triste, piccolo! Ma quanto ci resta da correre ancora? Sono stanco.

Che cosa accadeva ora? Il branco si fermò, tutto palpitante, in ascolto. Un segnale aveva traversato l'acqua. Ecco! Un altro! Come una voce stentorea, immensa, che urlasse, a comandare un esercito, per un raggio di miglia.

Ancora! Ancora un altro! Grida tronche, roche, uguali, terribili. Chi era? Chi poteva avere tal voce? Sbalordito, atterrito, il piccolo popolo si sbandò, si ricompose, spense le sue luci, le riaccese. Compagni? Richiamo di un altro sciame lontano? Impossibile. Non v'era, al mondo, gente capace di simili grida. L'acqua stessa pareva esprimere dal suo grembo la voce spaventevole, ma su, dall'alto, dalla zona della morte, e del mistero...

Un grido altissimo, un guizzo; un piccolo glomo biancastro, come impazzito, che roteava su sè stesso scagliando freneticamente in tutti i sensi le piccole braccia convulse: Il segno! Il segno! La testimonianza che qualche cosa, che qualcuno, di lassù, rispondeva, in un suo terribile linguaggio, al muto richiamo! Grida inarticolate, insensate, orrende; ma grida! ma voci! ma messaggi!

Poi le grida cessarono.

Poco dopo, tra la confusione e lo sbigottimento del branco sbandato, ecco scivolar giù una cosa rotonda, opaca, pesante; e calare veloce; e abbattersi sul fondo; e tra la fuga degli atterriti, e il clamore e i disperati richiami, il forsennato, sognatore gettarvisi su, e abbrancarvisi, e sparirvi, come inghiottito, come incorporato: a vedere, a sapere, a conoscere!

Su, su, su. La palla di ferro dello scandaglio, dopo il tuffo vertiginoso, risaliva lentamente, tirata dal filo d'acciaio. Il piccolo verricello che la salpava ansava per lo sforzo. Seimilasettecento metri! Sì, era proprio il principio della gran fossa. S'era tentato di scandagliare, dapprima, con l'apparecchio ultrasonoro; ma più per curiosità che per altro. I segnali, troppo deboli non arrivavano a rifletttersi sul fondo, in quel baratro; e l'eco non ne tornava ai ricevitori squisiti. Allora, dopo una breve serie di emissioni ritmiche, quelle che avevano tanto turbato il popolo dei sommersi, s'era gettato lo scandaglio del buon tempo antico, la palla di acciaio, che cattura qualche granello d'abisso e lo porta al sole, dalle perdute profondità. E se qualche creatura del fondo vi resta impigliata, arriva su crepata, esplosa, pel gran dislivello: pesci gonfi come otri, strani crostacei spaccati, flaccidi relitti informi, con residui di trasparenze e di iridiscenze.

Seimilasettecento metri! La nave, ferma, si cullava sull'oceano calmo. A poppa, un gruppo di ufficiali e marinai curiosi, che attendevano la ricomparsa del grosso globo. E c'era anche il cappellano, don Vito, gran naturalista, tutto intento a seguire con l'occhio il filo sottile. Ancora mille metri! ancora cinquecento!... cento!... Da quasi due ore durava la manovra di salpamento quando, finalmente, con un guizzo di delfino, lo scandaglio emerse; e fu subito tirato in nave e posato sulla coperta, e interrogato da cento occhi curiosi, e palpato, e carezzato, come un campione che abbia fornito una gran prova, e, al traguardo, tutto ansimante, si riposi dello sforzo.

E ognuno volle dire la sua. Ma, della fauna sottomarina, il muto esploratore non portò su che una specie di lenticchia, svuotata, madreperlacea, viscida, e con una corona di tentacolini rattrappiti.

— Puah! — disse don Vito toccandola con un legnetto. Niente!

— Ma anche a quella profondità vi sono degli animali, reverendo? — chiese un guardiamarina.

— Esseri infimi, forse, esistono ancora sino a quel limite — rispose don Vito.

— Ma se Dio permette che qualcuno viva laggiù — aggiunse — la sorte dev'esserne ben triste! — Poi buttò via con ribrezzo il legnetto e la «porcheria» che v'era attaccata, e si ripulì ben bene le mani sull'orlo della sottana.

La voce corse in un attimo per l'accampamento, rimbalzò da tenda a tenda, suscitò, riflettendosi e rinfrangendosi di uomo in uomo e di idioma in idioma, le più varie esclamazioni ed i più disparati commenti; e tutti coloro che il sonno o la stanchezza non inchiodava nei sacchi a pelo accorsero nella tenda del capo, dove si diceva che lo strano ospite fosse stato portato.

Uno squallido ocràceo essere, ravvolto in un campionario di cenci multicolori, inzuppati di acqua, giaceva su una stuoia.

Le sentinelle lo avevano veduto passare a nuoto il fiume e dirigersi verso l'accampamento. Poi era caduto come sfinito a cento metri dai fuochi; e lì era stato raccolto; e non apparteneva alla spedizione. Quando D'Obre, il medico, l'ebbe denudato, apparve un individuo di razza gialla, di media statura, simile in tutto — tranne la magrezza scheletrica — a quei mòngoli che, da Irkutsk a Urga avevamo incontrati a centinaia. Solo la cassa toracica sembrava un po' piccola e la testa un po' grossa rispetto alle proporzioni del corpo. I baffi e la barba erano corti ed incolti, come di chi non si rada da molti giorni; e le mani ossute non portavano segni di fatica; anzi la pelle ne era singolarmente sottile e delicata.

Come mai un indigeno, solo, inerme, senza provviste, aveva potuto aventurarsi fino alle sorgenti dell'Jenissei dove sorgeva il nostro campo? Quindici giornate di cavallo ci separavano dai più vicini villaggi. Il deserto intorno, per un raggio di circa trecento miglia, era assoluto; l'altopiano, impervio e brullo, non permetteva la vita che a patto d'avere tende, cavalli, portatori, bagagli; chi aveva potuto osare spingersi fin lassù?

— Nessuna ferita — disse D'Obre. Forse esaurimento per inanizione. Probabilmente qualche carovana indigena, di mercanti o di predoni, è passata prima di noi, e lo ha abbandonato. Ho sentito dire che un simile trattamento è fatto qualche volta ai ladri o ai traditori.

E riprese a strofinare il corpo del disgraziato con alcool ed olio di canfora.

Ma nessuna carovana ci aveva preceduto; ma nessun ladro o traditore era stato abbandonato.

Il mistero del giallo solitario, anzichè diradarsi, si fece, con la sua guarigione, più fitto. Ogni ipotesi si infrangeva contro due fatti inesplicabili: il primo che gli abiti di cui era stato trovato rivestito non sembravano appartenere ad alcun corredo conosciuto; il secondo che il linguaggio di cui tentava servirsi non solo non rientrava in alcuno dei dialetti della regione, ma — come ebbe a giurare HaoTa, la guida dei portatori — non poteva assolutamente essere considerato come cinese; ed Hunkel, il poliglotta della spedizione, dovette escludere qualsiasi parentela col tartaro, il pâlî, e l'indostano.

Pur essendo un idioma apparentemente monosillabico conteneva suoni talmente gutturali da riuscir inimitabili agli stessi indigeni. Quanto agli abiti pareva fossero stati disegnati dal più inveterato consumatore di hascisc tra i sarti di tutto l'Oriente: sciarpe orlate di filo d'oro, veli da baiadera, paramenti da pope, striscie in cui solo con l'abilità del proprietario si sarebbe riusciti a drappeggiarsi.

Per il rimanente Qhuenlì — così si credette capire suonasse il nome dello sconosciuto — si mostrò individuo normale, docile, intelligentissimo; e, per correttezza e pulizia ebbe a rivelarsi di gran lunga superiore, non dico ai suoi compatrioti, ma a più di qualche europeo della comitiva.

Come accade per tutte le cose di quaggiù, anche questa, sbollita la sorpresa del primo momento, passò in seconda linea. La nostra missione era ardua e faticosa; marce forzate attraverso terreni difficilissimi, soste snervanti sotto le tende quando gli uragani battevano le montagne rendendo impossibile l'avanzata; lunghe fermate quando, stabilito un campo, i vari gruppi si dividevano il molteplice lavoro di esplorazione, ricognizione, rilievo. Hunkel e Kharr, i due tedeschi, studiavano la geologia, la flora e la fauna; Middleton, il capo, con una piccola schiera di geodeti, si occupava delle triangolazioni; Di Santo ed io eravamo addetti ai calcoli astronomici e alla raccolta di dati meteorologici.

Qhuenlì, messo in un primo tempo a rinforzare la piccola falange dei portatori si mostrò inadatto al compito; non perchè gli mancasse la buona volontà, ma perchè sotto il carico ansava come un asmatico. D'Obre, esaminandolo, gli riscontrò una insufficienza costituzionale dell'apparato respiratorio così interessante dal punto di vista medico, da ripromettersi di riferirne in una apposita Memoria da allegare a quella Fisiologia dell'alta montagna che costituiva la sua occupazione principale durante le soste negli accampamenti. E poichè io ero il comandante in seconda della spedizione non mi fu difficile ottenere da Middleton il permesso di prendere Qhuenlì con me, come addetto alla persona.

Qhuenlì! Il piccolo giallastro relitto d'uomo, raccolto estenuato sulla riva dell'Jenissei, era irriconoscibile.
Con quella tunica azzurra di cui lo avevamo vestito, silenzioso come uno spettro, pareva l'immagine dell'impersonalità, l'idea platonica della razza gialla, il noumeno del fenomeno mongolico. Del resto, attento, diligente, pieno di premura e di zelo, la sua attività contrastava stranamente con la freddezza esteriore dell'aspetto. Tra la «persona tragica» e la «persona comica» il suo volto era un anello intermedio di «persona» senz'attributi. Il riso vi sfumava in sorriso, il sorriso vi si stemperava in una luminosità appena percettibile dello sguardo; solo, a tratti, una specie di pallore roseo pareva accendere i lineamenti tranquilli, ma come un'aurora che non vada oltre la promessa del giorno. Il mistero della sua invenzione, il mistero della sua provenienza, il mistero della sua anima, accesero in me una imperiosa volontà di sapere; e mi accinsi a farlo parlare.
Possedendo sviluppatissima l'attitudine, comune ai cinesi, di imparare le lingue, e da quel pronto e volenteroso allievo che egli era, non occorsero molte settimane perchè potessimo intrecciare con lui i primi colloqui. Ma neppure dopo due mesi di sforzi eravamo riusciti a fargli dire una sola sillaba sulle due cose che principalmente desideravamo sapere: chi fosse e donde fosse venuto. Quando le nostre domande s'appuntavano a quei segni, egli rispondeva con un gesto delle due braccia alzate in atto di desolazione, come se il soddisfare la nostra curiosità gli fosse stato proibito sotto pena della vita.
— Non so, Sir.
— T'inseguivano? Ti eri perduto? Eri stato abbandonato?
— No, Sir.
— Temi forse qualche cosa? Hai dei nemici? Ti è stato proibito di parlare?
— No, Sir. Troppo difficile per me. Più tardi, Sir.
— Più tardi ce lo dirai?
— Sì, Sir.
— Quando saprai parlare meglio?
— Più tardi, Sir.

Verso la metà d'agosto incominciammo il ripiegamento ad ovest, seguendo un itinerario che attraverso l'alto corso dell'Ob e quello dell'Irtish, doveva portarci a Cashgar prima e poi a Samarcanda. Scorrendo il manoscritto del diario redatto da Di Santo, lo storico della spedizione, trovo segnata con un asterisco la data del ventisei agosto.
Ricordo perfettamente che da alcuni giorni Qhuenlì, che aveva imparato ormai a parlare correntemente in inglese, si mostrava insolitamente preoccupato, come se avesse avuto qualche cosa da dirmi e non osasse. I suoi occhi, che di solito egli fissava nel mio volto con siderea inespressivita, mi guardavano stranamente. E un mattino, subito dopo la «sveglia» che precedeva una marcia, finalmente parlò:
— Mister Middleton, Sir, sta male.
— Sta male Mister Middleton! — esclamai sorpreso. — Gli è accaduto qualche cosa?

— No, Sir. Male interno, adesso.

Lo guardai stupito. Anche Di Santo, all'insolita uscita di Qhuenlì, si era alzato dal giaciglio ad ascoltare.

Nella piccola tenda eravamo soli. L'aurora, fuori, arrossava già le cime nevose. Fra poco sarebbe stato dato il segnale di adunata.

— Hai sentito? — dissi al mio compagno.

— Vuoi dire — chiese questi rivolgendosi al mòngolo — che è di cattivo umore?

— Sì, Sir. Molto turbato in animo.

— Ma... e che vuol dire questo? Capita a tutti d'esser di malumore. Middleton effettivamente è poco trattabile in questi giorni. Credo che sia effetto della fatica.

— No, Sir. Mister Middleton ha desiderio di fare cosa troppo difficile, e non potrà.

— Che vuoi dire, Qhuenlì? Che cosa vuol fare Middleton?

— Io non so, Sir. Io so che questo porta pericolo a braccio destro di Mister Middleton.

E prima che avessimo pensato ad impedirglielo, il misterioso cinese uscì dalla tenda, lieve come un'ombra.

Il braccio destro? Right arm? E quale relazione poteva correre tra il malumore del nostro capo e un arto del suo corpo? E perchè Qhuenlì aveva sentito il bisogno, egli che non parlava mai se non interrogato, di esprimere quella sua bizzarra opinione?

— Perbacco! — esclamò improvvisamente Di Santo, battendosi la fronte. — Non perdiamo un momento! Il braccio, il braccio destro, nella simbologia del Tao, è la morte in grazia della divinità, la morte data dagli Dei, la morte naturale! Il pericolo al braccio destro vorrà dire che Middleton rischia una morte violenta. Corriamo prima che sia tardi!

Ci coprimmo alla meglio e balzammo fuori. E mentre attraversavamo di corsa lo spazio fra le due tende:

— Qhuenlì — continuava Di Santo — avrà saputo da qualche indigeno del seguito che Middleton sta per correre un pericolo, e ci avrà voluti avvertire...

— Ma perchè — replicai io — perchè vuoi che abbia aspettato...

La frase mi si agghiacciò sulle labbra.

D'Obre, succintamente ravvolto in una coperta, era sbucato a sua volta dalla sua tenda, seguìto dal servo irlandese di Middleton, certamente corso a chiamarlo. Compresi tutto. Ci precipitammo insieme nel ricovero. Middleton giaceva a terra, insanguinato, pallido come un cadavere. Con la mano sinistra si comprimeva il braccio destro, sfracellato da uno dei pesanti cassoni da campo da cui due portatori l'avevano appena liberato.

Mi volsi costernato, a cercare con gli occhi Di Santo. Dietro di noi, impassibile, Qhuenlì aspettava con la cassetta della farmacia da campo già aperta dinanzi.

— Qhuenlì — dissi gravemente quando fummo soli sotto la tenda — qui non c'è posto per stregoni, nè per ciarlatani. O mi dici, e subito, e senza reticenze, come hai fatto a sapere quel che sapevi, oppure io ti faccio parlare con qualche sistema energico. Comprendi?

— Sì, Sir.

— Bene. E allora avanti! Di' quel che sai!

— Io ho già parlato, Sir. Io ho detto che Mister Middleton avrebbe avuto male al suo braccio perchè aveva desiderio di fare una cosa troppo grande.

— Che cosa?

— Lasciare la carovana, Sir! Mister Middleton ha grande ambizione. Io ho veduto nel suo animo molta volontà di comandare. Io credo che egli desidererebbe più grande destino. Allora io ho immaginato che egli pensasse di raggiungere con gli uomini di scorta strade per provincie cinesi.

— Ma, Qhuenlì — esclamai — quand'anche queste tue balorde supposizioni fossero vere, che cosa c'entra questo con la ferita al braccio?

— Molto, Sir. Sempre quando volontà di una azione è grandissima e possibilità di fare è piccola, accade disgrazia a braccio destro.

— Tu sei un imbroglione! — gridai in preda all'ira. — Tu credi di aver a che fare con degli idioti! Lèvati di qui! Vàttene subito!

Ma Qhuenli, impassibile, come se non avessi parlato a lui, non si mosse.

— Sì, Sir. Ma io prego di aspettare ancora piccolo tempo. Io ho imparato molte cose che non conoscevo da te, Sir. Ho imparato ferrovia, automobile, phonograph, fotografia, radiotelegrafia. Io non ho mai sentito furore quando non ho capito. Prego altrettanto, Sir.

Lo guardai. Non una fibra della sua maschera si muoveva. Sidereo, immobile, assente, pareva un'erma di bronzo, cui i secoli avessero sbiadita pian piano la doratura.

In attesa della guarigione di Middleton si decise di sostare. Pioggie interminabili erano succedute al sereno costante che ci aveva accompagnati per quasi quattro mesi. Tranne il disagio del terreno acquitrinoso, la nostra vita si svolgeva, però, in modo sopportabile.

Hunkel e Kharr si alternavano nella fatica di ricopiare i loro brogliacci, Di Santo ed io riordinavamo le osservazioni fatte, D'Obre, quando non teneva compagnia a Middleton, attendeva alla sua Fisiologia, o usciva in cerca di selvaggina, o veniva a liricheggiare con noi sull'orrida bellezza del paesaggio e sul fascino del deserto.

Qhuenlì era rientrato nel suo mutismo. Ormai avevamo capito che quando aveva deciso di non parlare, non c'era forza al mondo che potesse smuoverlo, e ci eravamo rassegnati. Ai primi di settembre Kunkel cadde ammalato. Un attacco di bronchite che, in una ben riscaldata stanza di Berlino, probabilmente non avrebbe presentato nessuna gravità, ma che, sugli Altai, in mezzo all'altopiano deserto, non prometteva nulla di buono. E un mattino D'Obre, che aveva lasciato il capezzale di Middleton per quello di Hunkel, uscì dalla tenda scuro in volto e preoccupato.

— Come va, D'Obre?

— Ne avrà per parecchi giorni ancora, se tutto andrà bene. Se tutto andrà male, poi, non so che cosa potrà accadere. La tenda è umida, fredda, malsana. E dai bronchi ai polmoni il passo è già fatto.

Andammo tutti a trovare il malato. Giaceva nel suo sacco, febbricitante. Gli occhi lucidi e la barba incolta gli davano un aspetto di sofferenza che lo squallore della tenda rendeva drammatico.

— Hunkel — disse Di Santo — coraggio. Passerà. Non ci muoveremo finchè non sarete perfettamente ristabilito.

— Nein! — disse il sofferente alzando un poco la testa, e scuotendola mestamente. — Non credo che... guarirò.

Ci sedemmo attorno al suo letto, silenziosi. Da un grande erbario, aperto, ai piedi del giaciglio, uscivano, tra foglio e foglio, gli esemplari rari che con tanto amore e tanta pazienza egli aveva raccolti, sceverati, ordinati e che forse...

— Sir — disse una voce sommessa alle mie spalle — posso guarire Mister Hunkel?

Fui solamente io a volere. Dovetti impegnarmi sul mio onore che Qhuenlì non avrebbe somministrato all'infermo alcun medicamento, che non l'avrebbe toccato, e non l'avrebbe ipnotizzato. Dovetti usare tutta la mia eloquenza, ricorrere a tutta la mia autorità di comandante in seconda, prendere su di me ogni responsabilità, accalorarmi con D'Obre fin quasi alla disputa. Dovetti tollerare che il collerico spagnuolo (D'Obre era nato a Guadazulceña) uscisse dalla tenda sbatacchiandone il telo che faceva da usciolo dopo aver minacciato di lasciarci alla prima tappa.

Che cosa mi spingeva a tentare la prova? Una curiosità invincibile, una necessità più forte di me, un istinto sicuro, una oscura coscienza di non ingannarmi, oppure la suggestione che innegabilmente esercitava su di me il cinese? Non so. Certo senza rimorsi afferrai il braccio di Qhuenlì ed entrai con lui sotto la tenda di Hunkel.

Ci accosciammo ai piedi del malato. Poi Qhuenlì lo chiamò sommessamente per nome.

Hunkel volse il capo, penosamente, guardando con curiosità.

— Mister Hunkel — disse il cinese — Qhuenlì vi augura un grande buono piacevole viaggio nel regno degli antenati.

— Qhuenlì — esclamai — sei pazzo?

— Mister Hunkel non può più accompagnarci — rispose il cinese calmo. — Questo piacere per noi è finito. Mister Hunkel preferisce lasciare il mondo.

Vi fu una lunga pausa. Poi Hunkel scosse il capo.

— Nein! — disse. — Vorrei guarire... tornare...

— Come? Mister Hunkel non è contento di morire? Mister Hunkel muore contro sua volontà?

Il febbricitante sgranò gli occhi.

— Qhuenli... — rispose — ... tu pensi dunque che si viva e si muoia quando si vuole?

— Certamente, Sir.

Hunkel abbozzò un sorriso.

— Bene — disse — allora... io voglio guarire. Dimmi come debbo fare.

— Mister Hunkel ha un corpo — rispose Qhuenlì — che è simile ad un carro. Mezzo affondato in un pantano, Sir. Poi ha un'anima simile ad un cavallo; buona ancora per trascinare il carro. Il cavallo cerca di tirare il carro, Sir. Ma non può, perchè Mister Hunkel ha ancora un'altra cosa, e questa cosa non entra nel gioco.

— Ho sentito parlare ancora di questo, Qhuenlì — rispose Hunkel sorridendo tristemente. — L'altra cosa è lo spirito, il cocchiere che non sa sorreggere e guidare il cavallo; vero?

— Certamente. Ma è molto facile per Qhuenlì richiamare il cocchiere, a patto che Mister Hunkel...

Non finì la frase. HaoTa e quattro giganteschi portatori, irruppero d'improvviso silenziosamente nella tenda; due di essi, afferrandomi alle braccia e torcendomele dietro la schiena, mi misero in un attimo in condizioni di non poter fare il minimo movimento. Quanto a Qhuenlì, atterrato, premuto coi ginocchi, immobilizzato nello stesso modo, non tentò la più piccola resistenza. Solo Hunkel, libero, si era drizzato a sedere sul suo giaciglio, ansimando.

— Vostra Eccellenza ci perdoni — disse subito HaoTa nel suo ibrido inglese — non abbiamo l'intenzione di fare il menomo male nè a Vostra Eccellenza, nè al professore, nè a Qhuenlì. Ma Vostra Eccellenza non sa che Qhuenlì è legato da un giuramento solenne a non contribuire con la sua sapienza mai ed in alcun modo alla salute di un uomo bianco. Qhuenlì può guarire il prof. Hunkel. Se Vostra Eccellenza crede che la vita del prof. Hunkel valga più di quella di Qhuenlì, può ordinargli di parlare; ma appena avrà conseguito il suo effetto pagherà con la vita l'infrazione del giuramento.

Tutto quanto ho narrato si svolse così rapidamente che credetti d'esser vittima di un'allucinazione. Ma le braccia che mi stringevano erano di carne e d'ossa; ed HaoTa, immobile nel mezzo della tenda, mi guardava con uno sguardo la cui fermezza testimoniava una decisione irrevocabile.

Tentai di guadagnar tempo.

— È una cosa molto grave, HaoTa. Lasciami il tempo di riflettere.

— Qhuenlì può sacrificare la sua vita, Sir. La vita di Qhuenlì non vale quella di Mister Hunkel.

Guardai stupefatto il piccolo enigmatico giallo che offriva con tanta semplicità la sua vita; guardai Hunkel; guardai i nostri impassibili aggressori.

— Decidete subito, Sir! — disse Qhuenlì. — La malattia cammina. Ancora poco e Qhuenlì non potrebbe far più nulla per Mister Hunkel, anche se lo volesse.

Vi fu una pausa.

— Volete lasciare che decida Mister Hunkel, Sir? — continuò Qhuenlì.

— Sì, — mormorai, non sapendo come altrimenti risolvere il tragico dilemma.

Allora vidi il malato stringere i pugni e i denti come in un impeto di collera. Al pallore del suo volto, succedette un rossore di congestione. Nel silenzio si udiva il suo respiro affannoso, come un sibilo. Quanto tempo passò prima ch'egli riuscisse a formulare la risposta?

Non so. Ricordo soltanto la voce aspra, forte, rauca, che ruppe all'improvviso il silenzio.

— Lasciatelo andare.

Immediatamente HaoTa e i suoi uomini ci liberarono. Appena ebbe varcato l'uscio feci per gettarmi dietro di essi, ma il tonfo di Hunkel, ricaduto supino, mi fece accorrere al suo capezzale.

Morto?

Nel silenzio notturno dell'altopiano, sotto quel gran cielo splendente di settembre, abbacinato dalla falce della luna, mi soffermai quasi ad ascoltare se fra il cielo e la terra passasse davvero l'armonia dei versi che mi cantavano nel pensiero

Dimmi o luna, a che vale
al pastor la sua vita,....

Tra le ombre lunghe delle tende, simili ad una mandra di favolose creature gibbute, un'altra ombra più sottile s'insinuò, quasi scivolando; come di una stele, come di un'erma; l'ombra del termine marmoreo ed ermetico tra la vita e la favola che m'era sorto accanto d'improvviso.

Qhuenlì.

L'attendevo. Entrammo silenziosi sotto l'arco dell'apertura angusta che divideva il nostro piccolo mondo d'uomini civili, che si radono, sorseggiano il thè, e dattilografano gli appunti di viaggio, dall'universo palpitante d'acque di foreste di stelle.

— Che cosa è stata questa messa in scena, Qhuenlì, dell'aggressione di stamane? E perchè Hunkel è misteriosamente entrato in convalescenza?

— Gli ho semplicemente indicata la strada, Sir. Mister Hunkel è ora in grado di guarire da solo. Era l'unico sistema.

— Ma quale strada, in nome del cielo? Quale sistema? Che cosa possiamo capire delle tue azioni e virtù taumaturgiche se ti ostini a tacere?

— Se Qhuenlì fosse un taumaturgo gli sarebbe facile convincervi. Se facesse dei miracoli tutti gli crederebbero, e sarebbe circondato da discepoli, Sir. Ma Qhuenlì non possiede virtù magiche. Quando vi avrà palesati i suoi modesti segreti, non gli crederete.

— Se dirai cose ragionevoli sarò felice di impararle.

— Voi, forse. Ma gli altri no. Un atteggiamento istintivo nella vostra razza vi impedisce di comprendere ciò che accade intorno e dentro di voi. Da millenni sceverate e distinguete il bello dal brutto, il nobile dal volgare, l'utile dall'inutile. Senza dubbio tali criteri sono necessari al mantenersi della vostra civiltà, ma deformano senza rimedio i vostri giudizi.

— Può darsi. Ma non vedo che cosa c'entri con le tue facoltà terapeutiche.

— Io non sono un medico, Sir. Se uno dei vostri medici mi sentisse, mi considererebbe anzi piuttosto malato che medico. Io vedo chiaro nelle malattie solo perchè vedo chiaro nelle cause che le producono. Le guarisco perchè riesco ad agire su queste cause. Esse sono psichiche. Ogni malattia, ogni affezione, ogni disturbo del corpo ha origine in uno squilibrio psichico. Chi di voi, avvezzi come siete a dividere il «fisico» dal «morale», il «materiale» dallo «spirituale», potrebbe seguire Qhuenlì su questo terreno?

— Più di quanti tu non creda. Anche in mezzo a noi si pensa che vi sia relazione fra stato d'anima e salute.

— Sì, finché si tratti di relazioni vaghe, generiche, anche voi pensate che il corpo influisca sullo spirito. Ma se Qhuenlì vi dicesse che avviene proprio il contrario? Se Qhuenlì vi dicesse che il dito pollice della vostra mano sinistra è in istretta relazione con il vostro particolare modo di comportarvi di fronte a certe determinate sensazioni? Se vi dicesse, meglio ancora, che la callosità del vostro piede è indice infallibile di un ben definito piccolo turbamento nell'armonia delle vostre «facoltà spirituali»?

— Ti tratterei, a dir poco, alla stregua dei chiromanti e degli astrologi. E intanto aggiunsi ridendo — ti pregherei subito di influire sul «ben definito piccolo turbamento» in modo da farmelo sparire.

— I chiromanti sono come fanciulli che si balocchino con un testo sacro — rispose Qhuenlì, in modo che mi fece suonar nella mente il... «ed esser puote con intenzion da non esser derisa». — Essi sono degli empirici e non sanno quello che fanno. Se invece di cercar nella mano i segni del destino, guardassero le mani per cercar di trarne qualche modesta esperienza, brancolerebbero meno. Tutto ciò che è del corpo riflette, dimostra, simboleggia, se più vi piace, tutto ciò che è dello spirito. Ma per voi la parola spirito risveglia immagini di fantasmi appartenenti ad una sfera trascendente, che sarebbe delitto profanare con l'indagine.

— In realtà per noi, Qhuenlì, spirito significa contrapposto e quasi antidoto di materia. Noi abbiamo un elevato concetto di queste immaginarie entità spirituali.

— E che cosa pensate sia il corpo, rispetto allo spirito?

— È una specie di recipiente, che lo contiene e ne riceve la vita.

— E credete che il vostro spirito potrebbe aver altro recipiente, ossia esser contenuto in un corpo diverso?

— Io credo di sì.

— No, Sir. Il corpo non può essere un altro. Il vostro spirito lo ha costruito, per abitarvi, fin da quando voi eravate nel grembo della madre; in una maniera assolutamente propria. Esso si è rivestito di carne nel modo, e nel solo modo, capace di affermare nel mondo la «sua» personalità; la personalità che ora è «vostra», Sir. Perciò la corrispondenza tra «voi» e la figura umana che vi incarna è rigorosa ed assoluta.

— Eh! eh! — interruppi, trionfante. — Questo vorrebbe dire che due uomini perfettamente identici, Qhuenlì e un suo sosia, dovrebbero pensare sentire e agire nello stesso modo.

— Certamente, Sir, se vi fosse un altro Qhuenlì che avesse identici a me non soltanto i lineamenti, la statura, l'aspetto, il peso, ma anche il cuore, i polmoni, il cervello e tutti gli altri organi interni.

— Bella scoperta! — esclamai. — Se vi fosse un individuo così fatto, saresti tu.

— Voi l'avete detto, Sir — rispose Qhuenlì. E fece una pausa, lasciandomi meditare sulla piccola sconfitta.

— Andiamo innanzi, Qhuenlì. Mi diverto.

— Immaginate, Sir, un popolo poco numeroso, omogeneo, ricchissimo, in cui la spinta del bisogno per tutto ciò che è esigenza di vita non sussista; immaginatelo, per contro, fornito di intelligenza penetrante, desiderio di conoscere illimitato, grande energia. Questo popolo senza leggi, senza classi, senza politica, a che cosa rivolgerà la sua attività? Alla conoscenza, Sir. Ma in mancanza della molla del bisogno, questa conoscenza non somiglierà a quella cui tendete voi, popoli assillati da necessità d'imperio.

— Qhuenlì — dissi — sembra che tu parli in nome di un tale popolo. Dove è? Quale è? Vieni tu dunque da uno sconosciuto paese di Bengodi ad annunciare qualche tua novella?

— Saprete anche questo, Sir. Ma più tardi. Ora voglio dirvi soltanto che Qhuenlì può leggere nelle malattie di una persona come in un libro. Ora voglio meravigliarvi dicendovi che non la più piccola alterazione dell'organismo avviene senza che una causa psichica ben determinata l'abbia resa indispensabile. Tutte le malattie provengono da un errore. Voi siete molto lontano dal poterlo ammettere o soltanto comprendere, per la ragione che vi ho spiegata prima, Sir. Voi vi ribellate all'idea che la «nobiltà» dei travagli spirituali possa tradursi nella «miseria» di un'alterazione della carne. Peggio ancora, avete suddivisa questa carne in regioni nobili e regioni spregevoli. Se Qhuen lì fosse uno degli Dei venerati dagli uomini se ne offenderebbe. Quell'attribuirgli la capacità di creare cose indecenti e spregevoli gli sembrerebbe poco rispettoso e pio. Certo gli uomini finirebbero col convincerlo del contrario, perchè essi sono, specialmente in materia religiosa, argomentatori sottilissimi; ma Qhuenlì, se fosse Dio, preferirebbe essere accettato come sempre perfetto. Perdonate la disgressione, Sir. Vi ho fatto ridere, or è poco, accennando ad una piccola affezione, molto frequente tra gli uomini ad ordinamento sociale ben definito: l'umilissima callosità di cui i vostri simili si vergognerebbero di occuparsi, come in epoche più remote sdegnavano di occuparsi della pulizia del proprio corpo. Ma se avessi parlato degli occhi, se avessi parlato degli occhi della donna che amate, certamente sareste stato disposto a crederli lo specchio dell'anima.

— Vi sono ripugnanze che non si vincono con la ragione, Qhuenlì. Nessuno può pensare che un raffreddore, come quello che mi infastidisce ora, e cioè una cosa sgradevole, disgustosa, miserevole, possa aver origine da un «problema psichico». Non c'è nesso, non c'è riferimento, non c'è verosimiglianza, non c'è logica, non c'è senso!

— Il vostro raffreddore mi dice che voi avete voluto attingere, dalla vita, elementi nuovi, e che, al primo contatto, questo apporto vi ha sconcertato.

— Ma non è vero! — ribattei. — Nel mio caso non ho voluto attingere proprio nulla!

— Dimenticate, Sir, che voi attribuite la guarigione di Mister Hunkel a certi occulti poteri che sospettate in me. Voi non ve lo confessate, ma in cuor vostro desiderereste che così fosse. Desiderio di allargare le basi della propria conoscenza e direzione errata producono malattia agli organi del respiro.

— E nei bambini? E nei selvaggi? E negli individui cui certamente — e sono falangi — non si presentano questi tuoi «problemi psichici»?

— Manca ad essi semplicemente la coscienza, Sir. Sapete voi forse perchè siete nato? Pure il desiderio, ch'era in voi, di vivere, è stato così forte da costruire il vostro corpo. Finchè questo corpo è rudimentale l'esistenza delle forze che lo fanno vivere e progredire non può rivelarglisi, perchè non è ancora formata la sede adatta. La coscienza affiora solo nell'adolescenza, perchè soltanto allora il corpo può ospitarla.

— Viceversa ti faccio notare che vi sono individui coscientissimi i quali attraversano crisi psichiche formidabili, senza ammalarsi per questo.

— Oh, Sir, ciò significa semplicemente che quelle crisi sono adatte a favorire l'evoluzione di chi li attraversa. La malattia è frutto di un errore; e se un travaglio spirituale, per quanto forte sia, serve ad aiutare lo sviluppo armonico della personalità, non produce danno al corpo. Qhuenlì osserva, però, che durante le crisi di cui parlate, Sir, il corpo tende a diminuire il suo nutrimento, e dimagrire.

— Ebbene?

— Inutile cercare altri alimenti spirituali, quando quello che ha provocata la crisi non è ancora elaborato, non ha ancora terminata la sua funzione, Sir.

— Supponiamo che sia vero — risposi. — Come puoi tu risalire dalle infinite malattie che esistono alle loro cause?

— Considero soltanto la sede della malattia, Sir. Per Qhuenlì il genere di malattia ha secondaria importanza. Gli basta conoscere il posto, il luogo, ove si è sviluppata l'infermità.

— Come? Una frattura, prodotta da cause esterne ha per te lo stesso valore che un'infezione, che fosse sorta nello stesso posto?

— Si tratta di sfumature, Sir. Se voi, per, esempio, aveste avuto un temperamento violentissimo e forze psichiche interne molto rilevanti, lo stesso errato atteggiamento di fronte al nuovo che ha prodotto il vostro raffreddore, avrebbe potuto provocare in voi persino un trauma alle narici; e, se si fosse trattato di cosa meno superficiale, alla faringe, ai bronchi, ai polmoni, via via fino a produrre le più funeste conseguenze. A questi casi più gravi avrebbe corrisposto sempre uno squilibrio tra aspirazioni e possibilità, ma di ordine più elevato.

— Allora la tubercolosi, Qhuenlì?...

— I problemi di libertà, le incapacità di cambiare l'indirizzo di ideali fondamentali, portano alle più violente malattie polmonari. Dopo forti sconvolgimenti come guerre e rivoluzioni, interi popoli possono esserne travagliati; subire forme endemiche; terribili, ma passeggere, come passeggere sono state cause. Invece i problemi di libertà che sorgono continuamente nei singoli quando hanno raggiunto un certo grado di maturazione, portano ad altre forme; se insolubili, croniche; e questo è il caso della tubercolosi.

— E le malattie che variano con le epoche? Il cancro, per esempio, attualmente così diffuso?

— Il cancro è, come la tubercolosi, una delle forme più progredite dì squilibrio. È la coscienza che tendendo man mano a sovrapporsi alle forze oscure dell'istinto, ma non ancora preparata e sufficientemente sicura, sbaglia indirizzo, e lavora a costruire dove non dovrebbe, dirigendo la propria attività verso mete erronee: il tumore.

— Ma non hai detto che il tumore significa diverse cose a seconda del posto dove si forma?

— E ho forse detto che la coscienza erri sempre nella stessa direzione? Un grande condottiero, un potente spodestato e derelitto, per esempio, difficilmente potrà rassegnarsi ad apprendere dalla vita nuove cose; il suo sogno troncato gli farà groppo nel punto della elaborazione; che giova più nutrirsi quando non si può convertire questo nutrimento in azione secondo i propri disegni? E l'organismo lavorerà a vuoto: cancro allo stomaco, Sir.

— Con ugual fondamento, Qhuenlì, — protestai sentendomi a poco a poco mancare il terreno sotto i piedi, — potevi dire: desiderio insoddisfatto; malattia della libertà; tubercolosi polmonare, o che so io.

— Sì, in un contemplativo, Sir. Ma ho detto un condottiero, un potente. Il condottiero è essenzialmente una macchina per rifare. È organizzato in modo da trarre tutto il profitto che gli è possibile da ogni singolo fatto, per agire». Metaforicamente egli maciulla e trita gli avvenimenti per rielaborarli secondo il suo piano, il suo «demone». Non è così, Sir?

— È così, Qhuenlì; ma queste tue sono parole.

— Trovatemi un altro modo per esprimere dei pensieri.

— Le parole hanno valore solo se una logica le sostiene.

— La logica vi apparirà man mano che vi completerò il quadro. Solo quando vi avrò spiegato, fra molto tempo, secondo un unico criterio, tutti i fatti del mondo, potrete constatare che la mia logica è completa: si chiude come un cerchio.

— Quali fatti oltre questi di cui parliamo?

— Ma tutti, Sir. Voi mi avete spiegato come è organizzato il mondo, me ne avete narrata la storia. Per «storia» ho notato che voi intendete il succedersi degli ordinamenti politici, o poco più.

— C'è la storia delle arti, dei costumi, del pensiero...

— Poco, ancora poco! Per Qhuenlì è più interessante sapere che milioni di uomini bevono oggi la stessa bevanda, thé o caffé, per capire più che leggendo un libro di storia. L'umanità tende a mettersi su una base standard di cultura. Non è così?

— Sì ma... la relazione?

— Molta relazione. Quando la vita intellettuale era scarsa, la bevanda preferita era il vino. Vino, sole, sangue: nutrimento per le forze fisiche. Oggi si tende a dare più importanza alla testa che alle braccia. L'uso del thé e del caffé ne è un segno chiarissimo, Sir.

— E il fumo, Qhuenlì? È una moda?

— Desiderio di libertà. Molto diffuso, oggi. Non parlo di libertà politica. Libertà di coscienza, di arbitrio, di giudizio. Occorrendo, per raggiungerla, aumentare lo sforzo dell'impulso evolutivo, l'aria non basta ai polmoni; e l'uomo cerca qualche cosa che gli dia l'impressione di respirare più ampio. Il fumo è questo qualche cosa.

— Il fumo è un veleno.

— Veleno per l'uomo di ieri e forse per quello di domani. Oggi è necessario. Tutto è necessario, quel che è.

— Anche il chewinggum?

— Desiderio di addentare e masticare qualche cosa? Indice di un bisogno continuo di assimilazione, di una tendenza a servirsi di qualunque cosa a proprio profitto ed incremento. Non sono forse i popoli giovani, ardenti di entusiasmi, assetati di potenza, che masticano la gomma?

— Gli americani, Qhuenlì.

— Non conosco l'America. Ma a quel che ho sentito è un paese in crescenza; con febbre.

— Insomma, secondo te tutto è naturale, semplice, ovvio e liscio come l'olio.

— Tutto va nel migliore dei modi affinchè il mondo intero cammini verso le sue mète. Naturalmente siccome esso è abitato da uomini a gradi di maturità enormemente diversi fra di loro, questo non può essere compreso da tutti. Posso ritirarmi Sir?

— Non prima di avermi detto perchè hai avuto bisogno di immaginare quella féerie per guarire Hunkel.

— Il prof. Hunkel soffriva da tempo di non poter dedicarsi ai suoi studi prediletti. Come geologo della spedizione si era stancato. Egli preferisce il suo istituto e la sua cattedra. È venuto qui per ambizione; perchè un rifiuto lo avrebbe danneggiato. Non prevedeva che ne avrebbe molto sofferto. E la crisi è avvenuta. Il prof. Hunkel, convintosi a poco a poco d'esser stato tradito dalla sorte, era incapace di sopportare più oltre le costrizioni di questa vita. Problema di libertà, Sir. Insofferenza della propria condizione, non materiale (altrimenti sarebbe stato colto da semplici dolori), ma morale; mancanza di entusiasmo, insufficienza di impulso a superare il momentaneo disagio. Ho dovuto metterlo di fronte ad un problema molto più grave. La sua coscienza ha deciso come volevo. Con lo sforzo fatto per rassegnarsi a morire, si è rimesso sulla via buona. Basta un leggero mutamento di indirizzo per produrre grandi effetti. Ora il prof. Hunkel vuole vivere; prima il suo desiderio era puramente cerebrale. Posso ritirarmi? Buona notte, Sir.

Due anni erano trascorsi. La spedizione, assolto il suo compito, s'era sciolta a Londra; i membri s'erano dispersi; di tutta l'immensa congerie di fatti, audacie, sofferenze, trepidazioni, commozioni, che aveva formato giorno per giorno durante tanti mesi la nostra vita nel deserto più orridamente bello del mondo, non rimanevano più che poche libbre di carta stampata; relazioni, monografie, la descrizione ufficiale del viaggio (due sterline, in brochure, con prefazione del Sottosegretario all'Istruzione) e un cumulo di memorie, queste ultime incomunicabili ed incommerciabili, che formavano l'orgoglio ed il privilegio di noi appartenenti alla spedizione, cui era rimasto nell'animo, più che una serie di ricordi, come una grande aurora boreale di immagini e di nostalgie, e per cui il mondo di coloro «che non c'erano stati» pareva un insieme di uomini, sì, ma con qualche cosa di meno, qualche cosa che li confinava in una sfera ineluttabilmente diversa.

E Qhuenlì? Dov'era Qhuenlì?

Era uscito quel mattino, per fare delle compere. S'era così presto occidentalizzato, l'ottimo Qhuenlì, che ormai il solo colore del suo pigmento, e l'architettura mongolica del volto erano rimasti a testimoniare la razza. Qhuenlì, il cencio umano raccolto presso le sorgenti dell'Jenissei, era ora mio segretario. Il mio posto di direttore della «Rivista internazionale d'astrofisica» mi permetteva di tenere ben due segretari; uno tecnico ed uno per l'amministrazione; e Qhuenlì aveva quest'ultimo incarico; nè potevo desiderare individuo più coscienzioso e scrupoloso. Di tutte le mie preghiere e pressioni perchè egli uscisse dall'ombra in cui desiderava ad ogni costo restare egli non aveva mai voluto tener conto. Ero riuscito a fargli riunire in un volumetto tutta la sua dottrina sulla natura umana e sui suoi tralignamenti. Ma quando s'era trattato di darla alle stampe nè il solleticarlo nel suo orgoglio, nè l'adescarlo con la promessa di guadagno erano valsi a nulla.

— Qhuenlì è ricchissimo, Sir, — rispondeva — perchè Qhuenlì non ha bisogno di nulla. Qhuenlì desidera soltanto osservare, e questo suo posto presso la «Rivista» è eccellente; Qhuenlì non vuole niente altro per sè; e quanto al dare agli altri qualche cosa, non gli è possibile. Il mondo non è maturo abbastanza.

Bussarono alla porta.
— Avanti.
— C'è una lettera. L'hanno portata or ora alla portineria.
L'indirizzo era dattilografato. Stracciai con indifferenza la busta e mi balzarono agli occhi i caratteri minuti e legati di Qhuenlì.

«Qhuenlì deve lasciarvi, Sir. Il periodo che egli aveva assegnato alla sua permanenza tra gli uomini della vostra società è compiuto. Qhuenlì ritorna là di dove era venuto.
«Salutate per me tutti i membri dell'indimenticabile missione coi quali ho avuto l'onore di vivere in un periodo tanto interessante e ringraziateli per me. Ringraziate anche il dottor D'Obre e assicuratelo che non l'ho mai disprezzato in cuor mio. Egli è soldato di una milizia cui sono riserbate grandissime vittorie e conquiste, coll'andar dei secoli. Se Qhuenlì fosse venuto fra voi trecento anni più tardi non avrebbe forse meravigliato più nessuno; anzi sarebbe rimasto meravigliato egli stesso.
«È ciò che Qhuenlì cercherà di fare, Sir. Sarà molto addolorato di non ritrovare più il suo buon padrone e compagno che lo ha così affettuosamente curato e aiutato; ma non è in potere di Qhuenlì prolungargli la vita fino al suo ritorno. In cambio del bene ricevuto Qhuenlì non può lasciarvi che il suo libretto, chiedendo di impegnarvi a non stamparlo mai. Se vorrete dirne qualche cosa potete farlo, Sir; a patto che lo facciate in forma tale che chi vuol ritrarne giovamento e meditare quelle verità, possa farlo; e chi non vuole possa credere che abbiate dato sfogo soltanto all'estro della vostra fantasia.
«Ora dovrei dirvi chi io sia, Sir, e come e perchè sia apparso alla vostra spedizione in quelle circostanze che vi parvero misteriose e alle quali il libro del rapporto ufficiale dedica mezzo capitolo con molta bontà. Nessuna delle ipotesi che avete fatte corrisponde al vero; io non appartengo ad alcuna tribù mongolica, nè sono stato abbandonato come predone.
«Vengo da una lontanissima civiltà, Sir, di cui i vostri savi ignorano l'esistenza confondendola con altre civiltà distanti molti secoli. Vengo da una civiltà cinese anteriore di circa quarantasei secoli — se ho ben calcolato — a quella civiltà cinese intorno al 3000 a. Cr. di cui parlano i vostri testi. In quel tempo fioriva un popolo di cui io sono l'ultima fronda. Voi non potete comprendere che cosa significhi vivere come ho fatto io, per tre anni fra uomini di ottantasette secoli più evoluti. È come trovarsi su un altro mondo, Sir. Qhuenlì ha dovuto avere molta forza d'animo per resistere. Si è sentito staccato, isolato, spaventosamente solo anche fra gli amici e i buoni benefattori come voi. Miracolosamente l'unico frutto della civiltà a cui io appartengo era stato proprio quello che permette all'uomo di potere sopra sè stesso quello che voi, malgrado la vostra civiltà enormemente superiore, non potete. Al mio tempo la vita era racchiusa entro termini angusti. Il nostro paese non era vasto più di qualche centinaio dei vostri chilometri. Ma nessuno pensava di uscire da questi confini perchè mancava l'impulso. Voi mi avete tante volte chiesto, Sir, perchè io respirassi così debolmente; la nostra razza aveva piccoli polmoni, Sir. Essa non si rivolgeva verso il mondo esteriore, ma verso quello interiore. Se foste vissuto fra di noi vi sareste meravigliato di vedere gli uomini quasi sempre apparentemente inattivi. Le attività del nostro popolo erano rivolte verso gli abissi dello spirito da cui voi rifuggite impauriti. Le posizioni che noi espugnammo, voi le cingete d'assedio. Arriverete dove noi siamo giunti, arricchendovi per via di una infinità di segreti che noi ignorammo sempre. Insieme al problema dell'uomo risolverete il problema del mondo e forse di tutto il vostro universo. Camminate attraverso

spaventevoli errori, ma è il solo modo di camminare sui pianeti il cui asse è inclinato e alterna estati ed inverni.

«La nostra civiltà datava da circa sei secoli; essa risaliva dunque a circa 7600 anni prima di quel vostro Messia che credo sia stato il più straordinario essere apparso sinora sulla terra, Sir. Noi non avevamo religione perchè non abbiamo mai sentito il bisogno di attribuire ragioni provvisorie a quello che non intendevamo.

«Non avevamo ordinamenti sociali. La malvagità era sconosciuta. Nessuno pensava che il male fosse male. Molte cose si facevano che le vostre leggi condannerebbero ma noi non ci accorgevamo di far del male. Per farmi comprendere da voi vi dirò che noi eravamo osservatori della vita. Ci interessava assai di più sapere che fare, conoscere che far conoscere. Così era il nostro popolo, Sir, nè io so che cosa ne sia accaduto e quanto sia durato. Certo è scomparso da tanto tempo e così completamente che non è rimasta alcuna traccia. Qhuenlì è rimasto solo, Sir, assolutamente e totalmente solo. Egli si era seppellito poco lungi da dove voi lo avete trovato, una sera ch'egli non può dimenticare. Molti uomini erano venuti ad assistere alla sua catalessi che avrebbe dovuto durare tanti millenni. Egli non era solo. Era con lui un altro della stessa razza, un giovane, quasi un ragazzo, che aveva voluto anch'egli sottoporsi al grande esperimento. Sono discesi insieme in due tombe provvisorie, e nel letargo che è durato tanto a lungo.

«Quando Qhuenlì si è destato, Sir, ha cercato il suo compagno. La tomba era vuota, scoperchiata, e l'apertura corrosa. Da molto tempo il suo compagno doveva essere uscito. Perciò Qhuenlì è rimasto solo; ed è mosso solo e inerme verso la vita, verso il campo che aveva intraveduto e dove è stato salvato.

«Ora Qhuenlì ritorna alla sua tomba, Sir. Non può resistere in questo vostro mondo. Tenterà di riprendere la catalessi da solo. Se gli riuscirà risorgerà fra trecent'anni. Forse allora potrà trovare l'evoluzione degli uomini più avanzata, potrà trovare un ambiente che gli permetta di vivere ancora senza troppo soffrire. Qhuenlì ha circa ottomila novecento anni, di cui trentacinque vissuti. Addio, Sir.

«Vi mando l'estremo mio saluto, l'estremo mio ringraziamento. Che lo spirito del mondo vi sorregga e vi aiuti e vi dia felicità per il bene che mi avete fatto e forza per il male che siete condannato a soffrire fra i vostri uguali!

«Qhuenlì».

Ed eccoci a Irkutsk, con un apparecchio della «Luft Hansa», Hunkel ed io, come trasognati, come pazzi. Che cosa ci agitava tanto fortemente? Perchè quel morboso interessamento per la sorte di Qhuenlì? Io non so. Io so che sia a me che al tedesco, cui avevo partecipato telegraficamente la notizia della scomparsa di Qhuenlì, e che m'aveva fatto trovare a Thempelhof il bel trimotore, il rintracciamento di Qhuenlì si presentava come una necessità assoluta, un imperativo che non ammetteva transizioni. Sembravamo spinti da una forza misteriosa e prepotente. Raggiungere Qhuenlì, fermarlo, impedirgli di mettere in atto il suo progetto; almeno farlo parlare, almeno carpigli, prima della scomparsa, i segreti che non aveva rivelati ancora. Una civiltà da mettere in luce! Un mondo ignorato da svelare, una missione di civiltà da compiere! E Qhuenlì era già ripartito, Qhuenlì camminava già lungo la via di Urga. Per due giorni preziosi perduti a Berlino in trattative, ecco che Qhuenlì ci sfuggiva, ecco che forse non l'avremmo raggiunto...

Lo ritrovammo.

Trovammo una tomba di pietra, semplice, coperta da una sottile lastra di marmo che certo egli aveva tirato da solo sulla propria testa, per ricoprirsi. La tomba era in fondo ad un dedalo di caverne. Erano occorsi giorni e giorni di perlustrazioni per rintracciarla al lume di torcie che rendevano l'aria irrespirabile; e cento volte avevamo sussultato, tratti in inganno da qualche stipite roccioso, da qualche lastrone, da qualche ombra in quell'ombra.

Accanto alla sua era un'altra tomba, come egli aveva detto scoperchiata, vuota. Nel silenzio greve di tutti i millenni che parevano pesare nella caverna, alzammo il coperchio. Qhuenlì giaceva nella sua teca, immobile, rigido, ormai immerso nel letargo che aveva annunciato.

Soltanto dopo molto tempo mi accorsi che la tomba vuota, l'altra, portava, graffiti nel vivo della pietra, alcuni caratteri.

Chiamai Hunkel.

Osservammo lungamente. Poi Hunkel si drizzò, fissandomi in faccia con due occhi dilatati:

— Cinese! Cinese! Questo è cinese antico! Ed è il nome del compagno, dell'altro, svegliatosi tanti anni prima.

— Ma chi? Ma chi?

Hunkel gridò il nome; e sotto la volta della caverna, nello sbigottimento che seguì la rivelazione, parve aleggiare l'ombra del grande Ospite; parve, il giovinetto LiPeJang della leggenda, nato dopo ottantun anni di concezione, sorgere dal sepolcro e muovere, come venticinque secoli addietro, verso il mondo; già illuminato, già pronto al gran cammino, già LaoTsè.

«L'orso non era ancora apparso nelle caverne della Lunigiana.
Allo Zenith costellazioni scomparse roteavano sulla Terra che, già fuor d'adolescenza, esprimeva con fecondità impetuosa specie e stirpi. Dal tropico all'equatore, tra le isole Figi e le Marshall, un continente brulicante di vite scioglieva ai venti del sud la chioma delle sue sterminate foreste.
Uomini senz'aratri e senza carri, cavalcatori di bisonti e cacciatori d'aquile, l'abitavano; bruni, massicci, dai denti scintillanti, dai garretti infaticabili. Da poco avevano strappato alla natura il segreto del fuoco. Spuntava, in gemma, sulle loro bocche, la parola.

Una notte, uomini e bestie e cose e le campagne e i boschi e i monti, tutto quello che viveva e che vegetava e che stava, tutte le immagini dell'immenso e dell'eterno, tutto fu inghiottito. Scese giù, in profondo, per un'estensione di milioni di chilometri quadrati, tutto il continente; giù per metri, centinaia di metri, miglia, decine di miglia. La madre terra, folle, divorava i suoi figli, uccidendoli, prima di inghiottirli, d'orrore; e nasceva l'Oceano Pacifico.

Non morirono tutti. Presso i margini della frattura qualche migliaio di disperati avvinghiati alle zolle ai tronchi ai cespugli, resistette. Udirono il rombo della catastrofe ascendere, via via, verso l'alto, verso la superficie, dov'era rimasta la vita; perdersi quasi nella lontananza, confondersi con l'urlo del mare che sopraggiungeva. Poi la Terra, rovinando, si richiuse sul loro capo; senza cielo tutto parve esser finito. Nella terra fredda e nera, sotto l'oceano ruggente, dieci, venti miglia sotto il fondo, folli di terrore, udirono gli echi spegnersi lontano, ad uno ad uno.
Il silenzio delle tombe scese, gelido, nel gran sepolcro. Sole, nella immensa quiete sotterranea, le grandi ali della morte.
E non morirono.
La suprema virtù della conservazione ebbe ragione della violenza distruggitrice. La rovina di un mondo caduto entro un'immensa falla sotterranea non bastò a spegnerla. Era rimasto, nel volume colmato dal gran sprofondamento, un labirinto di fratture e di caverne. Filtravano fra i blocchi accatastati, fiotti d'aria; colavano fra roccia e roccia acque tenebrose per le bocche assetate e le ferite brucianti. La vita, miracolosamente sospesa nei primi momenti al filo dell'impossibile, osò durare e perpetuarsi. Ma gli uomini ciechi che seppero divorare i più deboli perchè la terra non divorasse tutti, e bere il fango nero senza vederlo, e resistere al peso smisurato delle pietre al di là delle quali era il sole, non seppero allora quale tragedia dovesse scaturire da quella disperata battaglia.
Cento volte sul punto di spegnersi per fame, pascendosi spesso di sè stessa, usando sino agli estremi limiti la risorsa d'adattamento, la razza sciagurata che si sviluppava in quelle tenebre, vittoriosa d'ogni insidia e d'ogni avversità, potè finalmente trovare la via della salvazione: quella del nadir. Scesero giù, secolo per secolo, i sopravvissuti, sempre più dentro e in profondo; fino alla zona delle argille e delle terre molli. I geologi ignorano questi strati, capricciosamente avvicendantisi a duemila miglia dalla superficie; ma nel cuore del mondo, vari e ineguali, serpeggiano e s'insinuano sedimenti meno densi, umidi, tiepidi, conservanti forse i caratteri del pianeta quando la condensazione non era ancora compiuta. Miriadi di esseri sconosciuti brulicano in quelle velme; e furono, per gli sperduti dell'ombra, la vita.
E i millenni fluirono; e gli uomini si trasformarono.
Gli occhi impararono a raccogliere vibrazioni che a noi rivelano stentatamente solo strumenti complicati; l'udito raggiunse una sensibilità sovrumana. Altri sensi lentamente si svilupparono. Facoltà nuove si sovrapposero alle antiche. Nel contatto continuo con la terra le membra si ricopersero di cartilagini; poi di una scorza cornea, più dura ove maggiore era il bisogno. Gli arti divennero arnesi da scavo e da traforo. Lasciata la posizione eretta, gli uomini strisciarono come rettili. Una mostruosa

contraffazione della razza umana invadeva lo sterminato volume che il destino aveva ad essa assegnato.

Ma nella stirpe il ricordo del gran cataclisma non era spento. L'eco della tragedia remota si ripercoteva di millennio in millennio, senza affievolirsi. Civiltà strane e difformi, coll'affinarsi degli intelletti, si alternarono, rotte da pause sanguinose di guerre e di sventure; e la coscienza del bene perduto, la coscienza d'un cielo e d'una libertà, s'ingigantiva man mano, martellava le generazioni con un suo ritmo cupo ed implacabile, con un desiderio crescente di rivincita e di vendetta. La vita che a tutto s'era adeguata e di tutto, trasformandosi, aveva saputo trionfare, non sapeva e non voleva rinunziare al Sole. La necessità invitta proruppe in un gigantesco assalto alle stelle. I sepolti vollero uscire. Chiusi ad ogni distrazione del di fuori, opachi ad ogni dolcezza della creazione, assorti, perduti in questo sogno sovrumano, la loro volontà, rigida e compatta come la roccia che avevano abitato, si scatenò in un turbine di sforzi, centuplicata dalle sconfitte.

Tentativi assurdi, grandiosi come disegni di arcangeli ribelli, furono operati perchè il muro di migliaia di miglia fosse aperto. Energie incommensurabili, rubate alla terra attraverso i segreti delle sue viscere, furono sprigionate dai minerali e dai metalli e sferrate contro la scorza inesorabile.

I pigmei addentarono il gigante ad eserciti di milioni.

Tutto ciò che di noi si disperde nell'azzurro degli infiniti, si rivolgeva in essi, addensandosi e concentrandosi, in quell'unica idea; ma ogni fatica falliva.

Allora chiesero al loro Dio la vendetta. Su, su, fin dove era possibile giungere, scavarono una immensa caverna. Là, da secoli, senza tregua accumulano una materia molle e glutinosa, che ha in sè la potenza di cento esplosivi. L'accumulano, in montagne incorrotte come di glomi scintillanti, i cupi uomini dell'ombra, pregni di tutto l'odio covato contro la cieca natura che li condannò, in tanti millenni di disperazione. Quando il momento sarà giunto, gli uomini della notte s'aduneranno verso l'antipodo della gran mina. Attenderanno tremando il rombo della liberazione. Poi, rotta la terra, aperto il cratere, si slanceranno, rigurgitando a miriadi, fuor dello squarcio, assetati di vendetta.

Spesso, nelle mille officine che preparano la sostanza terribile, piccoli frammenti deflagrano. Corre per la Terra un breve sussulto. Qualche volta le penne dei sismografi ne impazzano. Nei primi esperimenti, molto tempo fa, un incidente di questa natura ebbe le proporzioni di una catastrofe. S'aperse un grande squarcio; vi fu inghiottita l'Atlantide».

«Bene pensò appena ebbe finito di rileggere — proprio bene». Forse quell'accenno all'Atlantide era un po' banale, ma l'effetto c'era. Anche quell'idea delle esplosioni, benchè alquanto... apocalittica, poteva correre; il pubblico digerisce anche di peggio, se si sa fare. Soddisfatto, posò la penna, ripose le cartelle nel cassetto, s'alzò, uscì sulla passeggiata scoperta. Quattro colpi doppi erano battuti da un pezzo alla campana di poppa; la mezzanotte era rimasta laggiù, dove la scia più lontana si perdeva nell'ombra della notte. In alto era un formicolìo di stelle; tante che pareva impossibile l'occhio ne potesse discernere soltanto mille, come attesta l'esperienza. Gli sembrava che ne avrebbe potuto contare infinite, e via via che l'occhio s'adattava all'oscurità il polverìo luminoso si faceva più fitto. L'immensa costellazione dello Scorpione, incombeva alta con le sue chele smisurate. Ancora quaranta ore di fremiti; poi la nave, finita l'interminabile traversata, avrebbe approdato a Yokoama.

Passeggiò a lungo, a capo scoperto, fantasticando. Ottima, quella idea di ingannare la noia della navigazione scrivendo. Il ritmo del pensiero s'accorda con quello delle eliche; la fantasia va sciolta, la penna corre senza inceppo. In otto giorni, pur concedendo al bridge, all'ozio, al riposo e alla conversazione i loro diritti, aveva buttati giù, quasi senza fatica, sei racconti. Calcolò mentalmente quanto gli avrebbero fruttato; a tenore di contratto la somma uguagliava quasi l'importo del biglietto. Tempo speso bene.

Guardò giù nella fosforescenza dell'onda e pensò rabbrividendo alla profondità di quell'acqua cupa su cui la nave correva leggera, rollando appena sull'onda maestosa del Pacifico. La grande fossa nipponica doveva essere prossima, con la sua voragine di diecimila metri. Di laggù, dal fondo, a un occhio che avesse potuto vedere, il grande transatlantico con tutto il suo carico umano di speranze e di vanità, sarebbe apparso come un minuscolo oggetto oblungo e nerastro. Gli vennero in mente i suoi immaginari abitanti degli strati profondi del pianeta, e sorrise. Poesie! Sì, certo, egli poteva ben dirsi un poeta. Non è da tutti, in fondo, creare con l'immaginazione un mondo e popolarlo di esseri; e narrarne le vicende in modo da dare l'illusione della verità.

Questo è proprio creare; fare, «poiéin»; e questa facoltà è una grazia che gli uomini riconoscono e pagano. Mille lire un racconto che gli era costato quattro ore di lavoro; duecentocinquanta lire all'ora; più di quattro lire al minuto; questo era l'equivalente tangibile di quel misterioso processo che è il pensiero, quando questo processo si svolgeva nella sua testa. Purchè duri — pensò; — e, dato un ultimo sguardo al mare, rientrò nella sua cabina, si spogliò, si ficcò in cuccetta e prese ad annotare diligentemente sul taccuino le spese della giornata.

La prua del «Lincoln» s'incastrò così profondamente nel fianco squarciato del transatlantico che stagnò nel primo momento la falla come un gigantesco tampone; e una parte dei passeggeri potè trovare uno scampo sulla nave investitrice. Poi il mare separò le due navi; quella ferita, piegando lentamente, cominciò ad affondare; l'altra, con la prua accartocciata e contorta, rimase, sfiatando vapore, a cercar di salvare i naufraghi alla luce dei proiettori convulsi. Ma il transatlantico era colpito a morte; la sua agonia fu breve; undici minuti dopo l'investimento, con una gigantesca capovolta, si inabissò.

Ancor desto al momento dell'urto, il «poeta» s'era precipitato sul ponte in pijama; ed il suo primo istinto, intuita la tragedia, era stato quello di gettarsi in una imbarcazione di salvataggio che aveva visto gremirsi, con rapidità sorprendente, di esseri urlanti e gesticolanti, sbucati come per incanto da ogni parte. La riflessione di un momento lo salvò; la sua cabina era in coperta; pensò che avrebbe fatto in tempo a salvare i valori che aveva con sè.

Quando tornò fuori, l'imbarcazione era già rigurgitante e non potè più salirvi; intravide la prora dell'altra nave ancora incastrata nel fasciame, vi si arrampicò; fu raccolto; gli altri, quelli che erano rimasti nella scialuppa, non riuscirono, nella confusione, a dipanar le cime per filarsi giù; e la nave li trascinò con sè.

Ansante, col cuore in tumulto, la gola riarsa, le labbre tumide e bianche, egli vide, dal castello della «Lincoln» la fine della nave che per otto giorni, sicura e superba, lo aveva portato sull'Oceano; la vide come un cetaceo colpito che si rovesci sul dorso, capovolgersi; poi, tra getti di fumo e di vapore, tra bagliori di incendio e stridori d'acqua, e urla di disperati, rapidamente affondare e sparire. Qualche centinaio di puntini neri agitantisi fra le bizzarre sagome di rottami, fu tutto ciò che rimase a galla, sul mare liscio e indifferente.

Una grande notizia era corsa di caverna in caverna, laggiù, tra il popolo dei senza Sole; una notizia che meritava di essere ascoltata. Uno, non si sapeva ancora chi, era riuscito a trovare la via dello zenith; e sfidando i pericoli della rarefazione, era salito fino al limite misterioso, fino al termine al di là del quale secondo la leggenda, erano soltanto gli abissi senza fine del vuoto assoluto.

Questa volta non si trattava di una fantasticheria. L'esploratore aveva portato con sè, al ritorno della sua impresa, testimonianze certe; frammenti di corpi ignoti, esemplari di specie animali sconosciute; di più, la descrizione che egli aveva fatto del «vuoto» sembrava accordarsi con le ipotesi più verosimili.

Una spedizione in grande stile fu presto organizzata. Benchè si trattasse di affrontare le fatiche di un'ascensione di qualche mese, irta di difficoltà e di pericoli, lungo spaventevoli strapiombi e gole inesplorate, i volontari che si offrirono furono innumerevoli. Una pagina decisiva per la storia degli abitanti delle tenebre stava per essere voltata; l'enigma che aveva tormentate tante generazioni stava per essere risolto; si sarebbe finalmente saputo che cosa riempisse quel tanto discusso «al di là» di cui sino allora si era saputo soltanto «che nulla escludeva la sua esistenza».

Quegli uomini sotterranei non erano l'orda quasi demoniaca che il poeta aveva immaginato; nè presentavano tali differenze organiche da non poter essere riconosciuti per nostri simili. Essi non meditavano «assalti alle stelle», nè preparavano esplosivi per far saltare il coperchio della loro prigione; e della scomparsa dall'Atlantide erano innocenti.

Erano poveri uomini come noi di stirpe terrestre, rinchiusi da dodici millenni nelle viscere della terra. Prima dei tempi ormai dimenticati della catastrofe, la loro razza aveva abitato gli altipiani dell'America meridionale; ora, dopo tanta prigionia, viveva sotto il gran corpo del Pacifico, molte miglia più giù delle più profonde fosse, e il suo regno, arcipelago di innumerevoli caverne, esteso in tre dimensioni, scendeva fino a lambire quasi gli strati caldi su cui si perde la crosta del pianeta.

In quel regno la pressione dell'aria, cui un ciclo di trasformazioni restituiva senza tregua l'ossigeno incessantemente combinantesi, dal giorno dello sprofondamento, era andata via via lentamente crescendo. Nello sterminato labirinto di cavità sotterranee, per secoli, quasi insensibilmente, una legge misteriosa pareva aver fatto confluire altra aria; ancora aria; e la densità del fluido era diventata così grande, che un essere terrestre, trasportato in esso, vi sarebbe imploso come un uovo in fondo al l'oceano.

Ma gli abitanti di quel mondo, gradatamente adattandosi, s'erano permeati piano piano di quella pressione sin nei più minuscoli vasi, sin nei più piccoli interstizi fra cellula e cellula; di generazione in generazione gli organismi si erano andati adattando allo schiacciamento; come nei pesci abissali in cui gli organi più delicati possono resistere alla pressione esterna perchè nulla contengono che non partecipi di essa, così anche nei loro corpi la struttura interna s'era modificata, adeguata alla necessità, resa capace di assicurare il normale svolgersi di vita. Vivendo inoltre in un ambiente in cui l'aria aveva ormai un peso specifico di poco inferiore a quello del loro corpo, essi avevano quasi perduto il grave attributo del peso; e potevano fluttuare nel loro regno con una lievità che era smorzata soltanto dalla densità del mezzo. La stessa sorte che li aveva condannati, essi fatti per vivere in superficie, ad un mondo tridimensionale, offriva, quasi pietosa, un compenso in questa facoltà di spostarsi verticalmente, che derivava dalla perdita del peso. Ascendere lungo una parete a picco, calarsi in una voragine, passare da un lato all'altro di un crepaccio, era per essi altrettanto facile come per un nuotatore spostarsi nell'acqua; identiche anzi a quelle che noi proviamo nuotando sommersi, erano tutte le loro sensazioni relative allo spostamento; e identica la fatica; insensibili alla pressione ormai perfettamente equilibrata, essi erano in tutto e per tutto creature abissali natanti in un oceano gassoso, in una tenebra rotta solo da bagliori di fosforescenze e da qualche raro affiorar di riflessi provenienti dal fondo di qualche baratro.

In quell'ombra, se la facoltà di percepire i colori s'andava a poco a poco perdendo, s'era in compenso prodigiosamente sviluppato il tatto. Nei punti dell'epidermide in cui esso era più ottuso, superava la sottilità di percezione del più delicato dei nostri polpastrelli; e all'estremità degli arti s'era fatto così perfetto da poter raccogliere la gamma più grave delle vibrazioni sonore che correvano per l'aria; e in quel mondo denso e massiccio, i suoni trovavano il loro elemento; correvano, si riflettevano, si rifrangevano in mille echi, si sfrangiavano in mille mormorii.

Tale era il dantesco regno dei confinati; e tali erano i suoi abitatori; poveri uomini del resto, come noi, tra cui erano fiorite civiltà, scoppiate guerre e rivolgimenti, vissuti pensatori e profeti; poveri uomini ciascuno chiuso, come noi, nel mallo della sua piccola vita, ciascuno, come noi, anelante e a un tempo pauroso d'uscirne; e come nella nostra aiuola al richiamo di qualche affascinante avventura, così tra essi alla notizia della grande impresa migliaia di cuori avevano palpitato, offrendosi. La sorte scelse i privilegiati; e una piccola carovana di studiosi, guidata dal solitario esploratore che primo aveva osato, incominciò lentamente l'ascesa.

Qualche cosa di indefinibile, un giorno, avvertì i quattro superstiti che un cambiamento stava per prodursi nella zona lungo la quale, affranti di stanchezza, assiderati, ansimanti per la rarefazione dell'aria, stavano ascendendo ancora, con la disperata ostinazione della volontà che non vuol cedere. L'ultima vittima, pietosamente ancorata ad un roccione, era rimasta laggiù, mezzo miglio più in basso, fulminata da un'embolìa; alla penultima aveva fallito il cuore; otto altri s'erano perduti lungo la tremenda via, spezzati dalle fatiche, dalle privazioni, da quella terribile embolìa in agguato ad ogni svolta, ad ogni ripiano, ad ogni metro di quota guadagnata. A mano a mano che la meta si avvicinava, la salita diventava più faticosa; il corpo perdeva lena e scioltezza; anche il leggero aumento di peso — pochi grammi ogni cento metri — diventava un aggravio insostenibile; per poco che l'esplorazione si fosse prolungata, anche i quattro sopravvissuti avrebbero dovuto cedere e fermarsi, o perire. Ma il freddo, quel freddo strano, umido, penetrante, si mutò a un tratto in una specie di vento zenitale, che scendeva giù a folate; una luminosità bluastra, che i nostri occhi avrebbero appena percepita, ma che ai loro avvezzi alle tenebre, parve un chiarore d'aurora, balenò attraverso le fessure di una rocciaia; un senso inesprimibile di liberazione scosse come un brivido i corpi esausti; e in un ultimo sforzo, come naufraghi che s'abbranchino alla proda, i quattro uomini della profondità riuscirono ad emergere.
Il cielo.

Il cielo. Quello era il cielo, l'Ovigdòi della leggenda, l'ossessionante chimera di innumerevoli generazioni, il sogno che avevano sognato i padri dei padri remoti, il luogo favoloso ove si radunavano le anime dei buoni dopo la morte.
Il cielo sterminato, uguale a sè stesso in ogni punto, senza roccie e senza burroni, senza suoni e senza fremiti; il regno della luce e della pace, l'infinito visibile e percepibile; vuoto che sovrasta il pieno, nulla che si dilata sulla materia.
Quello era il cielo, spazio senza forma e senza dimensioni, lago d'aria immobile sull'immenso tavolato del mondo; e la superficie di quel mondo, estendendosi senza confine all'intorno, era il termine fra la roccia e l'aria, fra la materia e il fluido, fra il regno della vita e il deserto dell'inabitato.
Dimenticata ogni pena, i quattro piccoli uomini sbarravano intorno gli occhi, assetati di quella luce che pareva ad essi immensa, agitando le dita a raccogliere attraverso il tatto prodigioso, i messaggi di quello spazio in cui si sentivano tuffati come in un bagno di felicità. Come anguste, tetre, buie, apparivano ora al confronto di quell'immensità azzurrina ed uguale, le più ampie caverne del loro mondo sotterraneo! Come ineffabile la sensazione di gioiosa libertà, che si accompagnava alla contemplazione di quell'infinito!
Saziata che fu la prima fame degli occhi, cauti, quasi timorosi di profanare la solennità augusta dello spettacolo, mossero i primi passi in quel deserto che il piede umano calcava per la prima volta. Tutto pareva nuovo, meraviglioso, indescrivibile; anche la compattezza morbida di quel suolo, anche la sagoma sgraziata di uno strano piccolo essere irto di punte che si scostò, guatando quasi con ira; anche la risonanza strana che accompagnò le prime parole scambiate sotto la fascia del cielo.
— Il povero Ander aveva ragione mormorò uno dei quattro — L'Ovigdòi è aria e la superficie del mondo è piana.
— Che purezza di luce! — disse un altro — E più si guarda verso Zenith più essa si fa splendente.
Uno sguardo dei nostri non avrebbe ravvisato che un barlume appena percettibile; ma i quattro esploratori proruppero concordi in attonite esclamazioni di meraviglia.
— Chi lo illumina? — disse una voce dopo una lunga pausa.

— Forse splende di per sè; di una luce fredda, ad ogni modo. Probabilmente in qualunque posto della superficie del mondo la luce sembra più intensa allo Zenith.

— A meno che nello spazio non siano disseminate sorgenti luminose, e noi siamo capitati proprio sotto una di esse.

— Si può parlare di «sorgenti luminose» in uno spazio uguale ed uniformemente vuoto? Mi sembra assurdo. Ma lo vedremo presto del resto. Potete alzarvi ancora?

Provarono. Fosse il breve riposo, o fossero le mutate condizioni di spirito, tutti e quattro con pochi e parchi movimenti ascesero senza troppo sforzo. Via via che salivano, l'orizzonte si ampliava; la terra appariva come una distesa uniforme, sfumante intorno nel grigiore perlaceo della lontananza. A un centinaio di metri d'altezza si fermarono, adagiandosi in quel vuoto dolce e morbido che li sosteneva. Un leggero prevalere del peso li traeva giù insieme, lentamente; ma ad essi, avvezzi alla quasi assoluta immobilità in cui rimanevano quando si abbandonavano inerti laggiù nel loro denso mondo, pareva di cadere velocemente; e ne li avvertiva il fluire dell'aria lungo la sensibile epidermide.

— Cadiamo; la rarefazione è estrema qui — disse uno. — Non so se si potrebbe vivere a lungo, in questo vuoto.

— Per conto mio, posso morire contento — rispose il pioniere, quegli che primo aveva scoperto la via e lungo quella li aveva guidati. — Abbiamo visto quello che nessuno ha mai veduto. Ci siamo affacciati all'Ovigdòi, all'infinito, al paradiso da cui è discesa la nostra razza quando Dio l'ha scacciata in punizione dei suoi peccati. Ora Egli, nella sua infinita misericordia ci ha concesso di rivedere il suo regno; ci ha chiamato per i primi a partecipare dei suoi doni inesauribili. La punizione del nostro popolo è finita. Rendiamo grazie a Lui che ha voluto sceglierci come strumenti dei suoi misteriosi disegni.

Vi fu un lungo silenzio. L'uomo che aveva parlato così, la faccia levata al cielo, le braccia lungo il corpo, leggermente aperte, gli occhi socchiusi, si lasciava andare lentamente in una specie di estasi; nessuno volle turbare quel silenzio; i quattro cuori, sopraffatti dall'onda della commozione, battevano forte. Ma fu per poco. Una macchia lassù in alto, fosca, oblunga, nerastra, era apparsa improvvisamente nella zona più chiara del cielo; e scendeva. Lo avvertirono subito, al tatto, dallo spostamento d'aria che la sua caduta provocava; poi la videro ingrandire a poco a poco, avvicinarsi, delinearsi.

— Là, là — proruppe, con un urlo, il pioniere. — Nè ebbe tempo di meravigliarsi, in quel momento, di un fatto abbastanza strano; che cioè il suo grido s'era inesplicatamente ripercosso tre, quattro, cinque volte, in quel cielo vuoto; come riflesso dalle pareti di una cavità. Grandi e strani pensieri traversavano la sua mente; pensieri in cui all'immagine del corpo scendente dal cielo si associavano quelle di un Dio, di una rivelazione, di un segno prodigioso dell'Ovigdòi.

Grandi e strani pensieri di cose inimmaginabili, eterne ed infinite, tra i quali non poteva trovar posto, in quel momento, il sospetto che quel cielo non fosse l'Ovigdòi ma una sua pallida immagine; che quel vuoto non fosse l'universo che sovrasta il piano della materia, ma soltanto una gran bolla d'aria, costretta dal peso derivantele dalla gran compressione, al fondo della maggior fossa del Pacifico; immenso lago d'aria sopra cui gravava uno strato di novemila metri di acqua; che al di sopra di quel lago gassoso potesse incurvarsi la volta azzurra di un oceano, con onde, frangenti, tempeste capovolte; che infine quel corpo oblungo, fosco, nerastro, fosse la testimonianza di un altro mondo, il mondo sopra cui s'incurva il vero ovigdòi, il mondo dell'aria libera, della superficie vera, degli uomini che il gran cataclisma non aveva condannato alla tenebra.

Neppure poteva sospettare che con lo scafo fosco, oblungo e nerastro del transatlantico squarciato, sarebbe disceso, a ricongiungersi con gli esseri dell'abisso, il poeta che li aveva fantasticati, se il pensiero di salvare il portafoglio non l'avesse risospinto verso nuova vita e nuovi contratti; per buona sorte di noi lettori.

Tutto avrei immaginato, quella sera a Sidney, fuorchè di incontrare Cubra.

Non ci vedevamo da più di dieci anni; ma lo riconobbi alla prima: un sosia di Cubra non c'è. Piccolo, angoloso, segaligno, con due occhietti neri penetranti e sfavillanti, la bocca torta da un lato a un eterno sogghigno; e quel naso! No, un sosia di Cubra non c'è. Il tempo stesso pareva avesse voluto rispettare quei lineamenti col riguardo che si deve agli esemplari unici.

Dieci anni. Dieci anni di vita mia e sua, tra le due immagini; quella che era nella mia memoria e quella che era davanti ai miei occhi; eppure quelle due immagini, sovrapposte, combaciavano perfettamente.

— Cubra!

Si voltò di scatto, mi vide, aguzzò un po' lo sguardo; non mi riconosceva. Ma quando gli ebbi ricordato il mio nome, uscì in una esclamazione che denotava una meraviglia non inferiore a quella che avevo provata io.

Demmo la stura ai ragguagli. Io narrai come avessi trascorso quegli anni; lo misi a parte sommariamente delle mie vicende e dei miei progetti per l'avvenire; egli mi spiegò come, venuto in Australia al seguito di una missione industriale, vi fosse rimasto a commerciare in vernici, e vi avesse conquistata se non la ricchezza una solida posizione economica.

— Ho lavorato duro i primi tre anni — disse. — Poi le cose hanno cominciato ad andar da sole, e l'azienda a rendere; e così a poco a poco mi sono «messo a posto». Già, messo a posto. Sto benissimo, ora; faccio il signore. Mi godo la vita. Bella cosa la vita, vero? Ti trattieni?

— Non meno di quindici o venti giorni — dissi. — Ripartiamo per Singapore verso la fine del mese. Passeggiammo un po' per Wellington Street, parlando della città, degli Inglesi, dei divertimenti, dell'Italia lontana. Ma avevo una vaga impressione di disagio. Cubra doveva aver qualche cosa di traverso. Che quel mio capitargli tra i piedi all'improvviso avesse disturbato qualche suo disegno per quel giorno? Mi pareva, non so, inacidito, angoloso più del bisogno. Di carattere dolce non lo avevo conosciuto mai, ma, data la circostanza, avrebbe potuto mostrarsi un po' più espansivo. Dovevo cavargli le parole di bocca; e alla lunga questo esercizio mi stancò.

Non mi piace aver l'aria di cercare la compagnia di chi non mostra di gradire la mia, e credetti bene, ad un certo punto, di congedarmi, aggiungendo l'ora e il luogo dove avrebbe potuto trovarmi l'indomani, semprechè non avesse preferito venire a bordo.

Ci pensò un poco, poi mi disse: — Senti, verrò da te volentieri, ma non domani. Vieni tu domani, da me, a colazione. Ti verrò a prendere con l'automobile ai docks, alle undici. Va bene?

La villa di Cubra era a circa mezz'ora d'automobile dalla città, su una piccola collina deserta e punto pittoresca. Vista di fuori era massiccia e sgraziata; ma quando fui dentro, trovai che ci si doveva star molto bene; troppo bene anzi.

— Solo, qui, in una casa così grande?

— Ti pare grande? Qui non c'è crisi di alloggi e si sta più larghi che in Italia. Fino a pochi anni fa eravamo in due, veramente; io al secondo piano e un altro inquilino al primo. Poi ho comperato la villa e sono rimasto solo.

— Ah, è tua? Mi rallegro! Sei un principotto, quassù. Sarai soddisfatto!

— Sì molto, molto soddisfatto. Ma vieni, ti farò vedere l'appartamento.

— Strano tipo questo Cubra — pensavo mentre giravo per le stanze, in verità arredate tutte con buon gusto e provviste di raffinate comodità; — strano tipo, mezzo misantropo e mezzo gaudente; e lunatico la sua parte...

— Per Bacco, che modernità! — non potei trattenermi dall'esclamare affacciandomi alla cucina dove la cuoca comodamente seduta stava a guardar girare uno spiedo sul fuoco e un tostacaffè su una mensola.

— La corrente mi costa poco — disse Cubra — e ho meccanizzate parecchie cosette. Vedi questa, per esempio. Metti un piede lì dentro...

— Un piede?

— Sì, non aver paura — disse Cubra. — Guarda — E, infilata la scarpa in un'apertura che si apriva in una parete, la trasse, dopo un friggìo di pochi secondi, lucida e tersa.

— Pulisce anche la suola, cosa che non fa nessun lustra scarpe — esclamò. Poi proseguimmo il giro, dalla terazza, un'ampia terrazza tutta coperta, alle cantine, dove però non entrammo. Era ora di colazione e ci sedemmo a tavola; e devo dire che pur non essendo un ghiottone apprezzai al suo giusto valore l'abilità della cuoca.

Dopo colazione passammo nel fumoir; e Cubra sì lasciò andare alle confidenze.

Seppi che non era stato sempre solo, nella villa. Aveva vissuto con lui per qualche tempo una donna; una donna... Fece un gesto con la mano come per dire: cancellata, scomparsa.

— Mi aveva dato per un momento un'illusione...

— Capisco, capisco — interruppi.

— No, forse non troppo bene, capisci — chiarì — L'illusione, voglio dire, che la mia faccia potesse essere sopportata da qualcuno. Ci ho creduto. Poi mi sono accorto, non dico che mi ingannava, che sarebbe niente; ma che mi odiava, che mi disprezzava, e che beffarmi era per lei un raffinato piacere. Cose di questo mondo, vero? Ma mi sono dispiaciute. Naturalmente me la sono tolta dai piedi. Via!

— Oh, povero Cubra! — esclamai. Ma non so perchè, mi venne fatto di immaginarmi per un momento donna, accanto a quell'uomo; e, non dico del tutto, ma un po' mi spiegai il caso.

— Sono rimasto libero e mi sono rioccupato dei miei affari. Ma che vuoi? Non sono tipo da tirar la carretta io; nessuna carretta. Per un po' va bene; faccio qualunque cosa; mi ci butto; ma alla lunga mi viene a noia tutto. Poi degli affari, ormai, si occupava il mio socio; bravo imbecille. Imbecille, dico, perchè non vede una spanna più in là delle sue vernici; se gli parli di pennelli è già un argomento troppo diverso; ma bravo. Non gli sfugge nulla. Ha in mano tutta la baracca e la fa andare magnificamente. Che cosa vuoi di meglio? L'ho lasciato fare. Il tempo però bisogna pur passarlo e io... mi sono messo a studiare.

— A studiare?

— Sì, a studiare. Un po' di tutto, ho studiato. Mi sono divertito così. Io non ho una gran simpatia per gli uomini. Ma disprezzarli così, a priori, non ti dà una vera soddisfazione. Puoi pensare: sono io che ho torto. Invece, vedi, studiando quel che hanno fatto, li disprezzi meglio, a ragion veduta. Se io penso per esempio di un filosofo: «bel cretino!», tu ridi; «Cretino sei tu», pensi. Ma se io invece quel filosofo ho avuta la pazienza di studiarmelo pagina per pagina, sviscerandolo tutto fino in fondo, allora «bel cretino» posso gridarlo sui tetti; se vien qualcuno a contraddirmi, lo annichilo; ho in mano di che farlo.

— Eh, bum! — non potei fare a meno di esclamare ridendo — Ma tutti, proprio tutti gli uomini in blocco li giudichi così?

— Tutti? Mah, forse. I pensatori certo; e quelli che la fan da maestri. Il mondo è fatto di cadaveri, moralmente parlando; di gente che non ha idee proprie e se le lascia imporre. Essi lo sanno e s'impancano a dettar legge. Bella forza! Vengano a raccontarle a me, le loro frottole!

— Caro Cubra, calmati per carità! Qui non c'è nessuno che ti voglia imporre qualche cosa!

— Ma io non sono affatto eccitato — protestò Cubra. — Non mi conosci, tu. Sono così sempre; è il mio modo di parlare: schietto. I filosofi, puah! Bisogna aver l'animo di scolari, per starli a sentire. Basta pensare del resto che il loro successo è tanto più grande quanto meglio riescono ad interpretare l'animo degli uomini tra cui vivono. Interpretare, capisci! Ora che cosa è l'animo degli uomini, presi in massa? Bestialità, egoismo e viltà. Prendi questi ingredienti, coprili con una etichetta che li giustifichi o li esalti, e tutti ti acclameranno; in filosofia come in arte, e come, pur troppo — parrebbe impossibile — anche nel campo scientifico.

— Nel campo scientifico poi... — arrischiai.

— Sissignore! Nel campo scientifico! Prova ad affermare — su basi sicure, con dati di fatto — qualche cosa che sconfini un pochino, un pochino solo, dal loro orizzonte del momento; negheranno l'evidenza pur di darti torto e farti passare per un pazzo! Perchè? Per paura; paura di parer troppo creduli; la paura del contadino che fa il furbo di fronte al distributore automatico.

— Se fosse il contrario, sarebbe peggio, caro Cubra. Tu sei certo in buona fede, e dici cose sensate, ma il mondo è pieno di imbroglioni e di ignoranti che pretendono di insegnare. Se la società non si difendesse con questa sua naturale diffidenza, ci scapiterebbe proprio la scienza. Ma che caratteraccio hai, caro Cubra! Capisco che non tutti si può veder rosa; ma tu vedi nero addirittura! Perchè farti del cattivo sangue? Gli uomini sono stupidi? Tanto di guadagnato per chi non lo è. Se tutti fossero cime, emergere sarebbe parecchio più difficile.

— Eh caro mio disse Cubra — tu non sai, non puoi capire. Io sono un anormale, vedi, e la vita è fatta invece per i normali. Io, per anni, capisci, per anni interi...

— Dì, dì senza paura — feci io vedendo che egli s'era fermato ancora, come pentito. — Non sai che quando si ha qualche cosa dentro, che rode, l'unico sistema per sentirsi meglio è dirla a qualcuno? (o scriverla, avrei potuto aggiungere). Probabilmente non saresti così amaro se non vivessi quassù come un eremita; senza amici, scommetto.

— Senza amici? Ma di chi dovrei essere amico, dimmi, di chi? Delle donne che mi hanno beffato? O degli uomini che alla beffa hanno aggiunto il danno, la rovina...

— Ma io non so niente, caro Cubra — protestai. — Arrivo qui dopo diecimila miglia di navigazione, dopo dieci anni di lontananza. Ti sapevo — ti ho sempre saputo — di carattere un po' difficile; ti trovo invelenito. Avrai le tue buone ragioni, non ne dubito, ma io non le so. Come pretendi...

— Una sola ambizione avevo, nella vita — mi interruppe — una sola; dimostrare che malgrado questo naso — e se lo toccò — e questa faccia, che è odiosa, lasciami dire, lo so, qui dentro, nella scatola che gli altri tengono per figura, io avevo un cervello! No, niente! Cubra non deve aver niente a questo mondo; nè affetto nè stima, neppure considerazione. E vuoi che io abbia carattere dolce? Che non sia invelenito?

— Ma che ti è accaduto insomma? Non mi hai detto tu stesso che hai lavorato, che l'azienda e andata bene, che... Non hai una villa? Non hai un'automobile? Non puoi, se ti pare, quando ti pare, tornare al tuo paese... Che cosa vuoi?

— Ho detto così, sì — rispose Cubra tetro — è vero. Ma non è così. L'azienda l'ho lasciata perchè me l'hanno fatta lasciare; quassù mi sono ridotto perchè in città non ci posso stare. Mi hanno tormentato... ho voluto ribellarmi, e ho reagito. Per difendermi, ho sparato su di un inglese, cane più degli altri. Mi hanno legato ad un albero, per linciarmi. Poi è venuta la polizia e me la sono cavata con un processo... e un anno di prigione. Sei mai stato in prigione tu?

— Io?

— Come lo dici, eh? Io??? Con tre punti interrogativi. Ma non si conosce la vita, sai, se non si è stati in prigione. Poi ho lavorato ancora; ho voluto, come si dice nei libri, redimermi. Mi sono istruito; nauseato, mi sono buttato a corpo perduto sull'unica cosa che c'è ancora — così credevo — di puro a questo mondo: la scienza. Quando avrei potuto raccogliere qualche soddisfazione e veder riconosciuto un pochino, un pochino solo, quel che valeva la mia testa... Ebbene, mi hanno deriso e sputacchiato. Non posso reagire più, sai. Ho l'ammonizione.

— Ma, e il perchè di questa persecuzione?

— Il perchè? Ma non lo sai dunque! — proruppe Cubra. — Non lo sai che io sono un reietto, un segnato a dito, un lebbroso? Che ho l'O giallo sul petto, da anni, e che non mi riuscirà di liberarmene, mai più, dovessi cambiar da solo, con queste mie mani, la faccia del mondo?

Diamine, ora sì, capivo, povero Cubra!

Era scappato dall'Italia, per quel motivo; ed eran bastati i tre napoletani che, al suo giungere, aveva trovati a Sidney, per rifargliela subito, la tremenda fama.

Ora sì, mi spiegavo tutto; tanto la sua amarezza quanto l'accanimento dei suoi persecutori. La sua faccia era in verità parlante; archetipo, se ce n'è uno, di quella del vero, autentico, irrimediabile iettatore.

Oh povero Cubra! Proprio a lui! Proprio con quel suo temperamento collerico e bilioso!

Stetti a sentire attentamente, con benevolenza e indulgenza raddoppiate, il resto delle sue confidenze. Solo, senza poter contare sull'aiuto di nessuno, testardo e indomabile, aveva continuato a lavorare, a cercare in sè e nella sua opera una ragione per non morire.

— Mi hanno negato il diritto di vivere? Mi hanno segregato quassù a far l'eremita per forza? E che cosa pretendevano, che me ne stessi qui a vegetare, o a guardar dalla finestra quel mondo da cui mi avevano escluso? Ho pensato io, a impiegarlo, il tempo! Adesso ti spiegherò — proseguì rabbonendosi — e mi dirai se ti sembra che lo abbia speso bene. Vieni, andiamo nel mio osservatorio.

Mi alzai e lo seguii. Dal pianterreno scendemmo giù per una larga scala di pietra, in un corridoio curvo; e ci trovammo di fronte ad una massiccia porta che Cubra aprì con una piccola chiave. Vidi tre stanzoni a volta, comunicanti; le cantine della villa, di cui Cubra aveva fatto il suo laboratorio. Fasci di cavi elettrici rigavano i muri; apparecchi d'ogni sorta s'allineavano lungo le pareti e sui tavoli; una piccola officinetta occupava metà d'uno dei locali. Sembrava d'esser in un gabinetto di fisica.

— Potenza degli dei! — non potei fare a meno di esclamare — non avrei mai sospettato che tu ti occupassi di queste cose!

— Aspetta ancora, prima di meravigliarti. — Che cosa ti sembra questo? Un laboratorio?

— Ma, sì, all'incirca. Un gabinetto scientifico, una sala di fisica...

— È una spècola, — disse Cubra. — Vedi questo pilastrino al centro? È un telescopio. —

— Un telescopio??

— Se telescopio vuol dire apparecchio per vedere lontano, è proprio un telescopio. — Tolse un grosso coperchio di legno, e apparve una specie di cassetta da cui emergeva la metà di uno strumento che in verità rassomigliava più ad un microscopio che non ad un canocchiale. — Ma basta con gli indovinelli. Ora ti spiegherò. Vuoi sentire?

— Se voglio sentire! — risposi accostandomi attento. — Ascolta — disse Cubra rapido. Che cosa hanno saputo immaginare sinora gli uomini, per ingrandire le immagini? Delle lenti; sistemi per far convergere o divergere dei raggi luminosi. Combinando lenti o specchi, dal canocchiale di Galileo fino al telescopio di Monte Wilson, hanno messo insieme dei trespoli per ingrandire gli oggetti lontani. È così?

— Perfettamente.

— Strada sbagliata. Sbagliata come tante altre su cui cammina il progresso; come è sbagliata per esempio la classica sagoma che si è per tanto tempo data e si continua a dare agli aeroplani.

— Perdonami, ma gli aeroplani volano benissimo.

— Anche i telescopi ingrandiscono benissimo; ma ciò non toglie che ci sieno sistemi per ingrandire di più. Gli aeroplani volano, ma voleranno meglio quando avranno la possibilità di variare superficie ed incidenza della superficie portante; cosa impossibile, finché si conserverà l'attuale forma ad ali e coda. Ma lasciamo andare. Io ho pensato; perchè non amplificare i raggi luminosi partendo da un concetto tutto diverso? E ho applicato il principio di una sorgente di energia «soccorritrice» come si fa in tanti altri campi.

Raccolgo l'immagine dell'oggetto che voglio ingrandire su una laminetta estremamente piccola e sottile, di speciale struttura atomica; e poi faccio attraversare questa lamina da una radiazione ausiliaria, la quale, passando attraverso i punti più o meno illuminati, viene variamente rinforzata o attenuata. Supponi che i raggi di questa radiazione ausiliaria siano divergenti; l'immagine che è sulla lamina verrà proiettata, ingrandita, su uno schermo più grande. Non si tratta di una proiezione luminosa, beninteso...

— Credo d'aver intuito — risposi con entusiasmo. — Poi ritrasformi questa proiezione invisibile in luminosa, e ottieni l'immagine ingrandita.

— Vedi com'è semplice? — esclamò Cubra. — Non puoi indovinare però certo, almeno così credo, il grado di questo ingrandimento.

— Dipenderà dal rapporto tra la superficie della lamina e quella dello schermo....

— Appunto. Ora viene il bello, però. Le dimensioni dello schermo sono dell'ordine di grandezza del mezzo metro quadrato; quelle della lamina...

— Molto meno...

— Pochi millicron quadrati! esclamò Cubra, lasciandosi trasportare da un orgoglio d'inventore che per la prima volta trovava sfogo. — Un rapporto di superficie dell'ordine dei quadrilioni! E se pensi che per la prima immagine mi servo di un canocchiale e che la seconda la esploro con un microscopio, vedi che ho in definitiva un sistema che ingrandisce la bellezza di duecento e cinquanta quintilioni di volte! Sai cosa vuol dire? Sai cosa vuol dire?

— Ma è impossibile — esclamai sbalordito. — Vorrebbe dire veder un microbo sulla luna! Poter leggere un giornale su Sirio!

— Vuol dire che la stella più lontana del nostro sistema galattico, la più remota stelluccia telescopica, viene ravvicinata come se si trovasse a duecento chilometri! — gridò Cubra esaltandosi. — Ma vuol dire anche che sono un disgraziato! Sono andato troppo in là, capisci? E non posso ora, a meno di non rifare tutto il mio impianto, variare questo rapporto! Mi manca, sul punto di aver realizzata la più grande delle invenzioni, quella che mi permetterebbe di sapere, conoscere, vedere tutto ciò che c'è e che accade nell'universo, e mostrare al mondo quello che io, Cubra, abbia saputo fare, mi manca la possibilità di regolare l'ingrandimento! Non posso diminuirlo! Dovrei rifar tutto! Questo impianto, che m'è costato anni di fatiche e quasi tutto il mio denaro, bisognerebbe che lo ricostruissi!

— Ma ci sarà ben qualche corpo abbastanza lontano per poter essere osservato! — protestai.

— Vedi questo tubo? rispose Cubra — guarda; è il tubo che porta giù, all'apparecchio di ingrandimento, riflessa mediante prismi, la prima immagine. Proviene dalla terrazza. Lì, sospeso ad un sistema girostatico di estrema delicatezza che gli assicura un'assoluta rigidità nello spazio, c'è il primo canocchiale. Posso puntarlo prima di metter in moto i girostati; posso, in altri termini, cambiar bersaglio una volta, mettiamo anche due, nel corso di una notte. Ma che mi giova?

Del nostro sistema solare non posso guardar niente; il più lontano pianeta transnettuniano — fa il calcolo — mi mostra le sue molecole! La sua superficie mi appare come una nebbia polverulenta! Stelle? Le stelle del nostro sistema galattico mi inondano il campo ottico di una luminosità uniforme e abbagliante; le vedo come apparirebbe da pochi chilometri d'altezza un oceano di fiamme... Potrei esplorare la superficie di qualche pianeta di queste stelle; ma chi lo trova? Chi guida il mio canocchiale in modo che la mira capiti proprio su uno di essi? Rispetto alla superficie da esplorare prima di riuscirci, quella d'un pianeta galattico è talmente piccola da rendere pazzesco ogni tentativo. Devo cercar lontano, fra gli ammassi e le nebulose spirali. Ma, ravvicinati in quella po' po' di maniera, portati a poche migliaia di chilometri di distanza, anch'essi si risolvono in un immenso vuoto; azzeccare una stella è già un miracolo. Ne ho pescate tre o quattro e mi hanno mostrato il solito bagliore uniforme. Un pianeta, un corpo oscuro, chi me lo dà? Vado a tentoni, cieco per troppo vedere. Questo è il risultato; questo è il premio della mia fatica. Iettatore sono, iettato è il mio lavoro, e iettatore morirò.

Venne a chiamarmi a bordo, una sera. Una volta tanto, nella sua vita tormentata, povero Cubra, era raggiante. Quasi aveva perduto l'asprezza della voce, tanto era commosso. Nella macchina che ci portava velocemente su, alla villa, una mano al volante, gesticolando con l'altra, mi spiegò che era riuscito a «vedere»; che aveva avuto il suo premio, che fra poco avrei potuto vedere anch'io.

A piè della salita rallentò, portò su la macchina adagio adagio; cento metri prima della villa la fermò, e mi pregò di scendere. Le vibrazioni del motore avrebbero potuto perturbare, sia pure in misura infinitesima, l'equilibrio del sistema girostatico; una trepidazione anche minima avrebbe potuto far «perdere» il corpo celeste su cui il canocchiale era stato miracolosamente puntato.

— Non vedevo niente, ancor ieri sera — continuava a spiegarmi mentre scendevamo al sotterraneo — Pensa! Stavo per fermare i girostati, e ricominciare a puntare per l'ennesima volta un altro punto del cielo, così, a caso. Il canocchiale era nella direzione dei «sacchi di carbone», quello spazio, sai bene, dove non ci sono stelle galattiche: buco aperto sull'infinito. Lo stavo frugando da un mese, per vedere se mi riuscisse di far capitare finalmente qualche cosa nel campo ottico del mio apparecchio. Niente! Sempre niente! L'Universo è tremendamente, spaventosamente vuoto. Dove la polvere stellare sembra così fitta da parere una nube di luce, il rapporto tra il «pieno» e il «vuoto», tu sai, è di uno a miliardi. Una probabilità favorevole contro miliardi di contrarie di imbattersi in un corpo.

Non vedevo niente. Mi è venuta un'ispirazione. Sai che ho sempre tenuto basso quanto possibile l'ingrandimento, perchè proprio l'eccesso di ingrandimento è il mio nemico; bene, ho pensato, così, per curiosità, di vedere che cosa sarebbe accaduto invece aumentandolo.

Ho sostituito il canocchiale a dieci ingrandimenti con uno a cento che mi era servito durante le prime esperienze; ho rimesso in punteria, su un altro punto del cielo. Ebbene, guarda!

Eravamo lì, presso il pilastrino accanto al formidabile apparecchio.

Cubra spense le lampade: nell'ombra prese vita il riflesso bluastro di un tubo a vuoto, che friggeva piano in un angolo. — Guarda! — ripeté Cubra.

Mi chinai. Vidi, sul fondo perfettamente nero dell'immenso cielo, una leggerissima falce, sbiadita, quasi evanescente. Il globo di cui essa costituiva lo spicchio illuminato, sembrava all'occhio grosso come un'arancia; tutto il profilo della falce fluttuava, palpitava con l'ondeggiamento di un velo.

— Vedi? — interrogò Cubra impaziente — Le fluttuazioni dei contorni sono dovute al gioco della rifrazione atmosferica; eliminarle non è in mio potere; ma tranne quello, l'immagine è nitida; pensa!

— Meraviglioso! — esclamai senza poter staccare gli occhi. Ma che sarà? Che astro sarà?

— Un astro distante da noi milioni e milioni di anni luce! — esclamò a sua volta Cubra, accendendosi in volto per l'entusiasmo. — Che non fa parte del nostro universoisola! Che non appartiene probabilmente ad alcun ammasso conosciuto! Un corpo oscuro, un pianeta, la cui luce ci giunge dopo aver percorsa una distanza che gli omiciattoli con la loro fantasia non riescono neppure a immaginare! E che io vedo!

Che sole lo illumina? Quale stella ai confini dell'universo getta la sua luce su questo atomo disperso? Ci sostituimmo all'oculare. Cubra, abbrancato al suo apparecchio, s'immerse per alcuni minuti nell'osservazione; poi alzò gli occhi, riaccese le lampade, e, ancora fremente di commozione, mi guardò con occhi che sembravano scintillare.

— E ora? che farai ora...? — chiesi.

— Che cosa farò? Ti pare che valga la pena, per me, di fare qualche cosa oltre quello che ho fatto? Niente farò. Perfezionerò ancora i miei apparecchi, passerò il tempo a studiare e a guardare. Una volta, pensavo che se fossi riuscito, avrei voluto gridare, sbatterli in faccia, questi miei risultati, a coloro che mi hanno perseguitato; tanto per la soddisfazione di schiacciarli. Ma adesso!... Che mi importa? La Terra! Peuh! Che m'importa più della Terra e dei vermiciattoli che l'abitano?

C'è della gente che spende la vita intera per poter vivacchiare poi qualche anno in vecchiaia senza l'assillo del bisogno. Io mi sono martoriato e ho sofferto; ma quale premio! Adesso il mio mondo è un altro. Questo dove sono nato me lo sento sotto i piedi e ne scuoto la polvere dalle scarpe. Il mio mondo eccolo lì; un mondo dove si respirano spazi di milioni di anni luce; un mondo in cui non ci sono nè donne perfide nè uomini malvagi. Guardalo lì, il mio mondo; lì dove hai guardato ora. Quello, vedi, è un astro per me. Vivrò in quello, d'ora innanzi; o almeno per quello. Cittadino dell'universo sono io, non di questo granello miserabile di polvere cosmica. Ti pare che io possa sentirmi ancora legato alla Terra, dopo aver guardato dove ho guardato?...

S'interruppe, a un tratto, come chi ascolta; poi lo vidi impallidire e portarsi la mano alla fronte con un gesto di disperazione. Intuii. Il brusio monotono del motore che teneva in moto l'apparecchio girostatico s'andava affievolendo; la sua nota si faceva più bassa; il suono degenerò in rumore; si ridusse ad un fruscio; si spense. La corrente, nel circuito del motore, era mancata; i girostati avrebbero cominciato a rallentare; in poco più di un'ora se la corrente non fosse tornata si sarebbero fermati; la punteria del canocchiale sarebbe andata perduta; e dal campo visivo la falce dell'astro sarebbe sparita per sempre.

Si mise febbrilmente ad almanaccare fra i suoi apparecchi per cercare di scoprire la causa dell'avaria; la sciocca futile causa che stava per compromettere il risultato di tanta fatica; ma non trovava. Non trovava, e il tempo passava.

Feci quel che potei per aiutarlo; corsi su e giù come un garzone a cercar valvole, a provar circuiti, a reggergli lampade volanti per fargli più chiaro; ma tutto fu inutile. Dopo un'ora di sforzi un altro piccolo rumore venne a metter fine alle sue ricerche. Il complesso girostatico aveva perduta ormai la forza direttiva, e si era abbattuto; l'obiettivo del canocchiale puntava lo zenith; l'astro era perduto.

Tornammo come cani frustati accanto al pilastrino delle osservazioni. Là, dove un'ora prima campeggiava la falce di un mondo infinitamente lontano, non doveva esserci più che il buio d'un cielo vuoto, o l'uniforme splendore di una superficie stellare.

Per curiosità guardai. La falce era sempre là, tale e quale.

Un pensiero mi traversò la mente, rapido come il lampo.

— Quanti ingrandimenti dà ora l'apparecchio, dimmi? — esclamai all'improvviso. — Quanti?

— Dieci volte più del solito — mormorò Cubra.

— Sicchè, date le dimensioni apparenti, di circa dieci centimetri di diametro, di questo astro, forse... — dissi tracciando rapidamente alcune cifre su un pezzo di carta.

— Perchè? — disse Cubra guardandomi trasognato, — Che cosa fai?

— Perchè? — gridai, — Perchè? Ma lo sai, tu, che un raggio di luce si propagherebbe in linea retta soltanto in uno spazio teorico, «euclideo?» Lo sai?

— Ebbene?

E che nello spazio vero, contenente materia, se ti piace, la luce non segue la linea retta, ma una curva chiusa? E che quindi ogni raggio di luce percorre un cerchio, si chiude su se stesso, torna al punto di partenza dopo un viaggio che è appunto dell'ordine di grandezza della distanza di questo astro che vediamo? Non capisci ancora? Non capisci che questa che noi vediamo non è l'immagine diretta dell'astro, ma quella che si chiama la sua «immagine fantasma», e che questo astro...

— Cosa? Cosa? — chiese Cubra sopraffatto, sentendosi vacillare, — Cosa dici?

— Dico che l'unico astro la cui «immagine fantasma» possa esser veduta guardando qualunque punto del cielo, come accade ora a noi, è la Terra! — gridai. — E che questa falce è quella del nostro pianeta qual'era miliardi di anni or sono, quando l'immagine che vediamo ora è partita per compiere il suo cerchio!

Anch'io, fremevo, ora, tutto acceso per la mia idea, raggiante per aver sciolto da solo, con un colpo d'intuizione, l'enigma; e guardavo Cubra, spiando sulla sua faccia sconvolta l'effetto delle mie parole. Ma Cubra pareva ipnotizzato, pareva un automa senza più carica; e, immobile, assente, guardava alternativamente me e i suoi apparecchi, me e i suoi apparecchi... Ancora, sempre, la Terra! Ancora la Terra, l'implacabile Terra! Sbarrò gli occhi nel vuoto, contrasse le labbra come ad un ghigno, fece l'atto di scagliar qualche cosa, e infine s'abbandonò su una seggiola, dove con una risata lunga e lugubre esalò il senno che gli era rimasto.

— Professore, — mi disse Rovalla avanzandosi con una gala di striscie bianche tra le due braccia — se vuol esaminare questi diagrammi, e confrontarli con quelli d'ieri...

Sciorinammo sulla gran tavola dell'aula le liste, accostandone i lembi e facendo corrispondere tra di loro gli inizi delle registrazioni; poi ci immergemmo nell'osservazione.

Da qualche giorno l'oscillografo della Sezione Misure presentava anomalie di funzionamento altrettanto bizzarre quanto inesplicabili. Di quando in quando gli specchietti delle coppie galvanometriche sembravano presi dal delirium tremens. Senza alcuna ragione al mondo, si mettevano spontaneamente in oscillazione per la durata di cinque, dieci, persino venti minuti. Il fenomeno ci aveva indotti a smontare l'apparecchio per verificarne accuratamente i delicati organi interni. Tutto era stato trovato in ordine; ma, riprese le misurazioni, erano ricominciati i disturbi.

Pensando che la causa perturbatrice si nascondesse in qualche macchinario dell'officina, avevamo deciso di eseguire qualche prova di controllo durante la notte. Ma benchè lo stabilimento fosse deserto ed i laboratori chiusi, i risultati non erano cambiati. Le striscie di carta sensibile presentavano tre veri e proprii oscillogrammi, identici a quelli apparsi nei giorni precedenti. Per di più altri strumenti rivelatori, situati da me per controllo accanto all'oscillografo, avevano confermato lo stabilirsi di un misterioso «campo magnetico».

— Il che significa — conclusi — che qui dentro, vicino a me ed a te, caro Rovalla, c'è qualcuno, o qualche cosa che lo produce.

— Se non sono spiriti, professore — rispose Rovalla sorridendo — troveremo bene chi è!

Del Direttore della Casa di cui faccio parte avevo un'idea errata. Lo ritenevo uno di quei capitani d'industria energici, freddi, aridi, il cui tipo ci è venuto dall'America e che sembrano i soli uomini idonei a sopportare il peso di una grande azienda. Gli avvenimenti me lo dovevano mostrare sotto una luce ben diversa.

La faccenda degli oscillogrammi misteriosi, che si ripetevano con una frequenza preoccupante, prima lo interessò, poi finì con l'ossessionarlo. L'uomo d'affari, avvezzo a regolare la sua vita sui listini del cambio e sulle quotazioni di borsa, s'aprì come una scorza; e dallo spacco uscì l'alburno dell'uomo; di un Manlio Ruschi che non sospettavo; inseguitore di chimere e di trascendenze quanto nella vita pratica si dimostrava inaccessibile a ciò che non fosse concreta realtà. Dal giorno in cui, durante una riunione tenutasi per riesaminare e confrontare le striscie misteriose, Rovalla, battendosi improvvisamente la fronte aveva esclamato: — Ma questo è un alfabeto! — gli enigmatici documenti fotografici occuparono il primo piano della sua coscienza, non gli dettero più pace, nè tregua. Persuaso che fossero manifestazioni di un invisibile al di là, volle che a lui solo fosse riserbato il privilegio di raccoglierli; che non se ne parlasse ad alcuno; si accinse con tutta la tenacia che gli era propria a cercare la chiave che gli avrebbe permesso di decifrarli; e si rinchiuse per lunghe notti nel laboratorio, costringendo spesso anche me a tenergli compagnia.

Io non sono, lo confesso, un metafisico nè un metapsichico, nè un meta in generale. Tutto ciò che va al di là dei comuni mezzi d'osservazione non produce, io credo, in chi vi si dedica, che una perniciosa sovraeccitazione della fantasia. Ho conosciuto molti di codesti sparuti rincorritori di fantasmi e non uno mi è sembrato degno d'esser preso in seria considerazione; tuttavia, con la stessa lealtà, debbo dichiarare che, dopo dieci giorni di prove, controprove, esperienze e discussioni, i fenomeni di cui si trattava si erano mirabilmente arricchiti di misteriosità.

Determinata esattamente la sfera d'azione della forza che produceva il campo magnetico, avevamo riscontrato che essa non aveva più di due metri di diametro.

— Dunque concludeva Ruschi — non si tratta di una energia in arrivo da un punto lontano, ma di una energia che viene emanata sul posto, ed ha un piccolissimo raggio d'azione. Dunque, poichè le oscillazioni hanno luogo anche se tutti noi stiamo lontani dall'apparecchio, non può essere uno di noi a servire di tramite, sia pure inconscio, medianico, di questa forza; dunque c'è qui un ente invisibile, capace di sprigionare un campo magnetico, di modulare questo campo secondo un cifrario che ancora ci sfugge, e per di più capace di spostarsi, per raggiungere l'oscillografo o gli altri strumenti quando noi li spostiamo. Dunque...

Tac! — l'ancoretta del solenoide di una macchina di Atwood ch'era in un angolo del laboratorio, scattò, e il piccolo peso, che serve a misurare l'accelerazione della gravità, liberato, trascinando con se i rotismi del meccanismo, con un fruscio che nell'improvviso silenzio parve un frullo d'ali, precipitò fino a rimbalzare sulla lastra del basamento.

— Datemi ora — continuò Ruschi, asciugandosi il sudore freddo che gli aveva imperlata la fronte — un'altra spiegazione, se lo potete.

Quella sera rincasai tardi. Non avevo sonno. La blanda notte d'aprile, invece che calmarmi i nervi, aveva acuito in me, lungo il tragitto fra il laboratorio e la mia casa, la sovraeccitazione a cui ero in preda. Gli uomini come me, positivi, materialisti, quando si trovano di fronte all'ignoto, si proteggono con il loro naturale scetticismo. Horrescunt abyssum e se ne difendono con l'incredulità, con l'ironia, persino con una certa istintiva ottusità dei sensi e del cervello. Ad un certo momento, quando non reggono più, cedono bruscamente; l'abisso li inghiotte, diventano gusci di noce nella tempesta. Temevo che stesse per accadermi qualche cosa di simile. Avevo un bel cercar di sfrondare gli avvenimenti da tutto ciò che poteva aver contribuito a rappresentarmeli in uno scenario di soprannaturalità: la penombra del laboratorio, la suggestione del silenzio, l'immaterialità di una forza come è il magnetismo... Magnetismo! Valeva la pena che Maxwell e Oersted e gli altri ci avessero lasciata un'eredità di nozioni, di leggi, di formule, perchè tutta la nostra oggettività di studiosi dovesse cadere così, al primo urto di un imprevisto...

Messaggi! Che cosa andava fantasticando quel pazzo di Rovalla di messaggi? Che cosa sognava quell'altro demente di Ruschi? Per qualche oscillogr...

Mi mancò a un tratto il respiro. Salendo le scale, m'era parso di vedere come un'ombra sul pianerottolo del piano superiore. Il sangue, riprendendo violento la circolazione sospesa per un attimo, mi accese le gote, mi fece impeto nel cervello. Sentendo che perdevo il controllo di me stesso, mi misi a salire i gradini di corsa. Nulla. Mi facevo rabbia e sdegno. Volsi rumorosamente la chiave nella toppa del mio uscio e lo richiusi dietro di me con forza. Rimasi al buio, e devo dirlo, devo confessarlo, per trovare l'interruttore della luce elettrica, cui di solito la mia mano correva senza incertezza, annaspai un pezzo quasi convulsamente. Finalmente lo trovai. Scaraventai lontano un fascio dei maledetti diagrammi che avevo in tasca; mi spogliai in fretta, mi cacciai nel letto e mi accinsi a dormire.

Per calmare i nervi ed addormentarsi, quando si è turbati, giova stendersi supini, le gambe distese, le mani incrociate sul plesso solare, come i morti. Alla simmetria delle membra corrisponde una certa pace del pensiero. I buddisti che si immergono in contemplazione, i mussulmani che curvano la schiena protendendo le braccia, i cristiani che, inginocchiati, le giungono in atto di preghiera, osservano questa regola. Messomi così in una posizione di assoluto riposo cercai di far tacere i miei pensieri e specialmente quella pazza fantasia che voleva trascinarmi nei regni dell'assurdo.

Dopo dieci minuti di questo esercizio, credetti di sentirmi meglio. Alzai le braccia e le incrociai sopra il capo, attendendo che il sonno venisse a gettare il suo olio sulla piccola tempesta. Ma poco dopo mi assalse una specie di irrigidimento, come se tutte le membra mi si stiracchiassero involontariamente. Ero ancora perfettamente desto. Mi resi conto di quello che accadeva, ma siccome non era una sensazione sgradevole, sulle prime non reagii. Lo stiracchiamento divenne tensione spasmodica pur senza che un solo muscolo del mio corpo si contraesse. Ebbi l'impressione che ogni più piccolo vaso sanguigno, specialmente del cervello, mi si inturgidisse, si congestionasse, stesse per iscoppiare. Il pensiero, lucidissimo, corse subito ai pericoli di un travasamento. Sentivo che sarebbe bastato muovermi per far cessare tutto. Feci per mettermi seduto, per alzare le braccia, per muovermi, per respirare. Impossibile. Ero di marmo.

Passai un momento d'angoscia terribile. Mi vidi paralizzato, in preda alla morte per asfissia, per congestione cerebrale, per paralisi cardiaca, per tutte le cause che mi poterono venire in mente. Il senso di annichilimento aumentò, raggiunse un parossismo che mi fece desiderar la morte immediata, diminuì, si dileguò come d'incanto. Balzai a sedere sul letto, respirando a pieni polmoni come per assaporare la vita che mi era sembrata sfuggire. Accesi la lampada sopra il letto, e presi macchinalmente un libro per divagarmi, per ingannare me stesso ed il mio spavento; l'avevo appena aperto che una nuova causa di terrore venne ad agghiacciarmi il sangue nelle vene. Nel corridoio la suoneria, come toccata da una mano leggera, s'era messa adagio a tintinnare.

Non credo agli spiriti, non credo ai folletti, non credo alle stregonerie! Un imbecille, l'ombra intravista sulle scale, s'era introdotto certo nel mio appartamento, si divertiva a rappresentare quella commedia. Afferrai, in preda all'ira, la rivoltella; accesi tutte le lampade, uscii nel corridoio, spalancai le porte, rovistai ogni angolo della casa. La paura s'era convertita in furore. Ero deciso a sparare, e non in aria. Lo «spirito» colla goffa trovata dei campanelli che suonano da soli s'era tradito. Gli spiriti, se ve ne sono, hanno altro da fare che queste sciocchezze. Avrei sparato, per legittima difesa, con perfetta ragione, per un sacrosanto diritto di vivere in pace. Sì, ma contro chi? Contro il campanello che, ammutolito subito, stava lassù a guardarmi con quell'aria di perfetta innocenza? Non v'era assolutamente nessuno in casa. Il mio appartamento non ha nascondigli; e le porte degli armadi cigolano così forte che nessuno vi si potrebbe introdurre di nascosto. Mi ritrovai nella mia stanza accanto al mio letto, stringendo in pugno l'inutile arma, più sconvolto e più adirato di prima. Ma non volevo cedere. E rimasi sulla poltrona, dove m'ero gettato, vigile, con gli orecchi intenti e gli occhi sbarrati, pronto a far fuoco.

Fino all'alba. Inutilmente.

L'indomani era domenica e le officine erano chiuse. Mi recai a casa del direttore. Lo trovai a letto, febbricitante. Rovalla, giunto prima di me, era al suo capezzale. Non vi fu bisogno di molte spiegazioni. Con uno sguardo compresi tutto. Non ero stato la sola vittima dello «spirito».

— Verso le due — narrò Ruschi — svegliatomi di soprassalto, udii distintamente le finestre della mia stanza tintinnare a più riprese. Tesi l'orecchio per sentire se stesse passando nella strada qualche veicolo. Nulla. O è il terremoto, pensai, o sono in preda ad una allucinazione. Ma l'acqua nelle bottiglie era immobile; i filamenti incandescenti nelle ampolle delle lampade non tremavano. Non era il terremoto, non era il vento; a che cosa pensare? Lo sguardo mi cadde su uno degli oscillogrammi di ieri, che stava spiegato su un tavolo. Sapete che di lontano non si distinguono bene le linee delle singole onde, ma si vedono chiari i gruppi che esse formano. Il caso vuole che nel momento in cui percepisco il primo di questi treni d'onde, mi giunga all'orecchio l'inizio di uno dei tintinnamenti misteriosi. Non occorre altro. Mentre seguo con l'occhio l'andamento del diagramma, ascolto l'altalena dei suoni. Identici. Perfettamente corrispondenti. Tanti intervalli, tanti gruppi, tanti intervalli e gruppi nei tremolii dei vetri. Mi precipito alla finestra; palpo con le dita il cristallo, mi sembra di intravedere un'ombra. Confesso che non ho avuto il coraggio di aprire. Mi sono messo a letto. A letto mi ha colto un attacco nervoso, ed ora ho ancora un po' di febbre.

— Un attacco nervoso? — esclamai — come se tutto il sangue le rifluisse dal cuore alla periferia?

— Sì.

— Come se la testa le si congestionasse fino a scoppiare?

— Sì, ma...

— Accompagnato poi da un senso di paralisi assoluta, con la sensazione di morire...

Per farla breve, confrontato ciò che ci era accaduto durante quella straordinaria notte, constatammo che la parte soggettiva, ossia quella riferentesi alle sensazioni provate, era stata identica. Diverse erano state invece le manifestazioni esterne; io avevo udito vibrare una suoneria, Ruschi tintinnare dei vetri, e Rovalla...

Rovalla diceva d'aver notato alcune stranissime perturbazioni del filo d'acqua che da un certo rubinetto colava di solito senza rumore in un sottostante bacile; ma che, vibrando, produceva dei suoni simili allo sgranarsi di una collana su un pavimento di legno.

È noto che basta perturbare in misura anche lievissima una vena fluida per ricavarne in speciali circostanze, rumori considerevoli, tanto che su questo principio si basa un microfono a liquido. Ad un tratto uno spiraglio di luce si fece nelle tenebre della mia mente. Mi balenò un pensiero che lì per lì mi sembrò degno dell'acume di Sherlok Holmes.

— Potrebbe dirmi, direttore — chiesi a bruciapelo — quale di questi vetri tintinnasse?

— Quelli della finestra accanto a lei; per esser più precisi, anzi, la terza coppia a cominciare dal basso.

— È ben certo che tintinnassero tutti e due insieme?

— Sicuro no. Quando ho messo la mano su di essi le vibrazioni erano cessate.

— Questo bollo di gomma era dove si trova ora? — aggiunsi indicando una di quelle piccole ventose munite di gancio che si fanno aderire alle superfici piane per sospendere piccoli oggetti e che era attaccata appunto ad uno dei vetri indicati.

— Sì.

— Posso staccarlo un momento?

— Certo; ma perchè quest'interrogatorio?

— Per pura curiosità, signor Direttore. E vorrei sapere da lei, Rovalla, a che ora precisa siano accaduti i fatti che ha raccontati.

— Verso l'alba, professore. Tanto che io, un po' per l'impressione provata, un po' per cercare di rendermi ragione di un fatto così curioso, non mi sono più rimesso a letto.

Mentre stavo per trarne le conclusioni più lusinghiere per la mia perspicacia, vidi, o mi parve di vedere, Rovalla in atto di spostare col piede, senza parere, un oggetto ch'era sotto il letto. Trovai un pretesto per chinarmi; potei vederlo; era un piccolo elettromagnete.

— Mio caro professore — disse Ruschi; — non m'illudo io certo di convincerla. Per voi non spiritisti, anzi, dirò meglio, per voi negatori a priori ed a qualunque costo di ogni fenomeno che possa rientrare in questa grande categoria di fatti inesplicati, non c'è eloquenza che valga. Non le farò il torto di riferirle tutti gli argomenti che sono stati addotti da uomini superiori ad ogni sospetto in favore della tesi che le ripugna. Ogni persona colta conosce i libri, gli opuscoli, la letteratura esistente sull'argomento, o per lo meno ne ha sentito parlare. Ogni persona colta conosce i nomi dei fautori, degli studiosi, dei protagonisti dello spiritismo, da Apollonio di Tiana a Conan Doyle. Non le farò questo torto perchè so, creda — e sorrise — pur nella mia «cecità intellettuale», come ella chiama dentro di sè il mio modo di vedere, che l'ostacolo che ci separa e ci vieta ogni terreno d'intesa non è nei fatti, ma è nella nostra diversa forma intellettuale. Quello che ci divide è una disposizione fondamentale dello spirito. Il mio, nella sua apparente aridità (io sono creduto un freddo costruttore di ricchezza) è disposto all'accettazione; salvo il diritto, poi, di critica; il suo non può e non vuol giungere all'accettazione se non dopo ed attraverso la critica. Sono atteggiamenti che fanno parte della propria persona tanto strettamente quanto strettamente alla mia persona corrisponde il mio volto, ed alla sua il suo. Ci possiamo noi scambiare il volto? Così non ci possiamo scambiare, io penso, questo atteggiamentobase. Atteggiamentobase che divide gli uomini in due categorie. Io le immagino raggruppate sotto due bandiere. Sull'una è scritto «Può essere». Sull'altra: «Non può essere». Ciascuna delle due schiere ha la sua parte di ragione, checchè, avvicendandosi, provino alternativamente i fatti (ed esistono poi prove dei fatti?). Dalla sua escono, in linea di massima, gli uomini d'azione; dalla mia, salvo qualche eccezione, io, per esempio, i contemplativi. Gli uni assaltano l'ignoto dal particolare; vogliono giungere alla sintesi attraverso l'analisi. Gli altri seguono la via opposta; e sforzandosi di abbracciare tutti gli orizzonti sono inclini a cercare nei fatti soltanto la controprova di ciò che presuppongono. Oh non m'interrompa! Le sue obiezioni le so, professore. A noi sono riservate le più amare delusioni e le più cocenti smentite. Lei vuol dir questo? Oh, sì! E lei, professore di elettrotecnica, ne sa, dell'origine e dell'essenza del «fluido» elettrico più di quanto ne sappia io di quella del «fluido» medianico?

— Il «fluido» elettrico — risposi non potendo più contenermi — è di natura sconosciuta; ma se ne conoscono le leggi. Il fluido medianico è una pura astrazione.

— Che si pesa, si registra, si misura! Che, se non erro, le dà del filo da torcere, torcendo i fili degli specchietti dei galvanometri! Ha qualche teoria sua che spieghi in modo soddisfacente i fatti di questi giorni? Avanti. Io ascolto.

— Direttore — dissi io cercando di mantenermi calmo, ma con una gran voglia di prorompere — io non sono tanto chiuso alle sue concezioni quanto lei immagina. Anch'io accetterei il suo punto di vista se una volta sola, se per un momento solo, potessi sospettare che qualche cosa esista all'infuori della nostra sfera percettiva. Il caso di cui ci occupiamo in questo momento non è effetto di cause soprannaturali, ma dello stupido capriccio di un uomo!

— Eh? Che cosa dice?

— Se ella vuole avere la bontà di sdraiarsi su quel divano, mi permetterò di riprodurre per lei il cosiddetto «attacco nervoso» che abbiamo sofferto l'altra sera.

— Ma, professore...

— Un trucco, direttore, un volgarissimo trucco. Il Sig. Rovalla, per quali ragioni non so davvero, si è voluto divertire alle nostre spalle. Il Sig. Rovalla ha costruito un minuscolo apparecchio elettromagnetico che può nascondere, per le sue dimensioni, sotto gli abiti. Il Sig. Rovalla col semplice scatto di una molla, fa agire un congegno di orologeria che distribuisce, per mezzo di un piccolo rullo, una corrente alternata ad un elettromagnete. Avvicinato ad un oscillografo, questo apparechio può farne oscillare gli specchietti e permettere la registrazione del «messaggio» preventivamente preparato sul rullo. Applicato ai fili di una suoneria questo sciocco giocattolo può farla trillare anche attraverso una porta chiusa. Accostato ad una lastra di vetro a cui sia fissato un dischetto di gomma provvisto di un'appendice di ferro, questo apparecchio da fanciulli può far vibrare il vetro nel solito modo. Infine, avvicinato a certi centri nervosi può produrre quelle sensazioni che ci hanno tanto spaventati.

Il Sig. Rovalla ha giocato il suo allegro tiro prima a me e poi a lei; indi, per dissipare i sospetti, ha inventato la storiella del disturbo sofferto e dell'acquedotto musicale; infine, fatta la pentola, ha dimenticato il coperchio; e nella sua stanza, sotto il letto, ha lasciato il corpo del delitto. Eccolo qui. Questo è il piccolo elettromagnete di cui il Sig. Rovalla si è servito e per mezzo del quale potremo smascherarlo. Perchè le prove siano irrefutabili io La prego di sottoporsi a questo esperimento, che ho già fatto su me stesso iersera. Poichè le vibrazioni producono una momentanea paralisi, io arresterò la prova appena mi accorgerò che lei avrà cessato di respirare.

Feci concitatamente il mio discorso, infervorandomi via via, e battendo su quei: Il Sig. Rovalla... con un crescendo di grande effetto. E mentre finivo la mia brillante requisitoria aiutavo il direttore a sdraiarsi; lo accomodavo sul divano, gli applicavo l'elettromagnete in corrispondenza della prima vertebra, a circa dieci centimetri di distanza. Poi mentr'egli, sbalordito, senza opporre resistenza, eseguiva docilmente, lanciai corrente nel vibratore.

— Ora comincierà a sentirsi un formicolio — avvertii — Ecco. Un momento ancora. Stia inerte col pensiero come se dormisse. Così. Con le membra rilassate, mi raccomando. Ecco. Ora, precisamente... là... così...

Ebbi un bel dire: «Ecco», e: «là»... Ebbi un bel ripetere la prova, aumentando la tensione d'alimentazione fino a riscaldare l'elettromagnete. Il direttore non sentì proprio niente. E quando, pieno di disappunto e di rabbia per la mancata conclusione, volli rifare la prova su me stesso, mi confessò, ridendo, che l'elettromagnete era suo.

La mia sconfitta fu molto più amara di così.
Il Sig. Rovalla, a cui avevo attribuita la paternità del creduto scherzo, la notte successiva cadeva in deliquio. Trovato all'alba a piedi del letto, come in catalessi, non rinveniva che dopo quattordici ore; e rinveniva pazzo.
Costernati, il Direttore ed io assistemmo al suo trasporto in una clinica. Lo spettacolo di quegli occhi che guardavano senza vedere, di quella bocca che s'apriva per emettere sillabe senza senso, suoni inarticolati, grida rauche e convulse! Povero Rovalla! Ed io che l'avevo calunniato, io che per la stupida vanità di risolvere un problema di giorno in giorno più tremendo, avevo con tanta leggerezza gettato su di lui un'accusa così sciocca!
Eccolo ora, nel bianco letto, nella squallida lattea stanza di una casa di salute. In piedi, nell'inerte atteggiamento di chi nulla può tentare, nulla sperare, lo guardavamo col cuore stretto da un'angoscia che andava più in là del dolore. Sentivamo d'esser legati alla sua orribile sorte da un filo che la mostruosità di una forza ignota aveva ordito, senza un perchè; e sotto la pietà che provavamo per quella giovinezza perduta, ferveva un terrore che non ci confessavamo, simile a quello che si prova in conspetto della morte, ma più intenso, perchè più immediato era il pericolo, il sordo, oscuro, indefinibile pericolo che pesava ormai sulla nostra vita.
Le labbra del demente si schiusero. Ne uscì prima un suono confuso, un mormorio indistinto; poi le sillabe cominciarono a prender forma, a sgranarsi, ad incidersi l'una dopo l'altra nel silenzio; e con raccapriccio, impietriti, riconoscemmo nelle indistinguibili parole un ritmo; il ritmo maledetto; l'implacabile ritmo degli oscillogrammi, fino alle tre ultime battute, fino ai tre gruppi finali che il folle pronunziò interi, staccati, chiarissimi, a gran voce Néhe! Néhe! Néhe!
(La narrazione del prof. Ennio Vinchi, libero docente di fisica industriale e capo della Sezione Misure del Laboratorio elettrico dalla società***, si arresta qui.
Il prof. Vinchi è morto la sera successiva a quella cui si riferiscono le ultime parole del racconto sopra riportato. I medici hanno attribuita la morte a paralisi cardiaca.
Il Sig. Rovalla è tuttora ricoverato in un manicomio, dove viene curato amorosamente, con l'assistenza assidua e fraterna del Sig. Ruschi.
Questi si è potuto salvare in parte grazie alla forte fibra che gli ha permesso di superare lo sconvolgimento subito, ed in parte grazie all'immediata cessazione degli inesplicabili fenomeni sui quali forse getterà qualche luce il seguente secondo resoconto).

II.

... Staccatomi dal terzo anello nell'istante segnalatomi con la sigla convenuta, ho compiuta la prima parte del mio tragitto in modo piuttosto movimentato e con qualche irregolarità. Per tutto lo spessore della zona radiante ho dovuto superare numerose e continue interferenze di vibrazioni che hanno alquanto ostacolato la mia marcia lungo l'onda portante principale.
Non saprei a che cosa attribuire queste onde perturbatrici. Forse qualche centro organico del Sud Néhe, non avvertito della mia impresa, eseguiva prove di radiazione con qualche altro pianeta; se pure non si tratti di onde di scarica tra gli anelli. Comunque, appena raggiunta la zona azoica, ogni disturbo è improvvisamente cessato; l'accelerazione ha potuto raggiungere il suo valore di regime senza il più piccolo senso di reazione da parte mia.

Da questo momento il mio viaggio è stato delizioso. Sentivo di correre sull'onda portante con assoluta regolarità. L'affievolimento graduale dell'attrazione magnetica di Néhe compensava esattamente quello dell'energia dell'onda portante. Mi sentivo nello spazio in perfetto equilibrio organico. Nessuna sensazione di velocità accompagnava il mio cammino. Non ebbi bisogno di ricorrere alla paralisi intellettiva se non durante le ore strettamente indispensabili. Un senso di benessere indescrivibile mi attraversava ritmicamente, pervadendomi all'unisono con le pulsazioni magnetiche. Non rimpiangevo menomamente la cellularecipiente lasciata sul terzo anello e mi divertivo anzi a pensare al pellegrinaggio di cui essa era meta, laggiù sul pianeta simile ormai ad una grande sfera aureolata scintillante nel sole.

Quanto sia durato il mio viaggio è noto. Nessun incontro lo ha turbato. Anche la zona degli asteroidi è stata traversata senza il menomo incidente, grazie all'oculatezza delle determinazioni preventivamente eseguite. In prossimità dell'unico satellite del globo verso il quale era diretto, ho incominciato a diminuire la mia ricettività per iniziare la fase di rallentamento. Ho cercato di passare accanto a tale satellite quanto più rasente possibile, pensando che il magnetismo da esso emanante avrebbe energicamente frenata la mia velocità; ma contrariamente ad ogni previsione questa «luna» non possiede magnetismo. Il suo effetto è stato pressocchè nullo; nè io, d'altra parte, privo affatto di materia, potevo sperare di far agire su di me il campo gravifico che stavo attraversando.

Cinquantadue diametri terrestri mi separavano ormai soltanto dalla Terra. La mia velocità benchè leggermente diminuita si manteneva intorno ai tremila cicliraggio. Se non avessi trovato il modo di rallentare avrei corso il pericolo di penetrare così profondamente dentro la scorza terrestre da aver scarse probabilità di uscirne. Fortunatamente il pianeta è circondato da zone di diversissima permeabilità magnetica; il mio passaggio attraverso di esse provocò una serie di reazioni che, se da un lato mi fecero temere di non resistere al calore che se ne sviluppava, dall'altro mi permisero di toccare la superfice abbastanza dolcemente. Penetrai dentro il pianeta per circa un decimo del suo diametro, entro una materia compattissima, somigliante a quella delle agglomerazioni granulari degli strati interni di Néhe. Nessuna traccia di vita intorno a me, almeno per quanto potei osservare durante quella mia breve permanenza.

Sostai qualche tempo per riacquistare il magnetismo perduto. Il campo, in seno a quella massa era molto debole per me, e distribuito irregolarmente, con due centri principali lontanissimi ed in opposte direzioni. Malgrado le condizioni poco favorevoli mi rimisi presto in istato di efficienza, e dopo un lungo girovagare per cercare a tentoni la direzione giusta, pervenni finalmente alla superficie.

La conformazione geografica e la struttura geologica del terzo pianeta sono troppo note perchè io mi dilunghi a parlarne. Alcune anomalie che ho riscontrate formano argomento di un promemoria che allego a questa relazione. Poichè lo scopo della mia missione era quello di tentare di comunicare coi suoi abitanti, mi limiterò a render conto dell'opera svolta in tal senso.

Non è vero prima di tutto che gli abitanti del terzo pianeta siano più evoluti di noi. Nella scala delle formazioni di coscienza, stanno tra loro i similari del secondo e quelli del quinto; all'incirca al livello degli abitanti degli asteroidi. Questo conferma quanto già si sospettava circa l'ordine di precedenza delle forme vitali esse seguono appunto la legge di Half; prima il 9° pianeta, poi, in ordine decrescente, gli altri.

La forma di vita è, come si supponeva, quella della materializzazione integrale. Nessuna facoltà degli abitatori del 3° pianeta, che per brevità chiamerò com'essi dicono, «uomini», si presenta staccata da un attributo gravifico: tutto ciò che agisce pesa, o nasce da qualche cosa di pesante. Lo stesso pensiero, che per molto tempo mi tenne in dubbio sulla sua essenza, è indiscutibilmente l'emanazione di centri cellulari delimitati e ponderabili. Questo fatto, di importanza capitale per lo studio degli «uomini», spiega perchè essi non riconoscano e non attribuiscano diritto di esistenza se non a ciò che essi possono misurare in qualche modo. Le grandi correnti vitali che regolano le collettività, essendo necessariamente prive dell'attributo del peso, sfuggono completamente alla loro osservazione. Tutto ciò che non si può misurare viene chiamato astrazione ed il suo valore è straordinariamente variabile con le diverse razze, e nella stessa razza, da individuo a individuo.

La livellazione scarseggia nelle specie secondarie, o degli «animali»; in quella primaria, o degli «uomini», manca totalmente. Per noi abitanti di Néhe (gli uomini dicono Saturno) è inconcepibile pensare ad una collettività senza immediata livellazione; per essi meraviglioso sarebbe il contrario. Esseri quasi identici nell'aspetto vivono l'uno accanto all'altro rimanendo a gradi di evoluzione stupefacentemente diversi. Ci si rende conto di questo fenomeno, che a prima vista sembra una contraddizione in termini, pensando a due fatti essenziali. Il primo è che la vita essendo basata sul peso, ossia sul percettibile, basta la similitudine dei percettibili per creare negli uomini criterî di identità assolutamente erronei; il secondo è che anche gli «uomini», come gli esseri del secondo pianeta e degli asteroidi, sono suddivisi in due classi; per la riproduzione è necessario che un uomo della classe detta maschile si accoppi con un uomo detto della classe femminile. Non sempre le unioni avvengono col consenso reciproco; molte volte anzi si impegnano fra l'uno e l'altro degli individui delle vere battaglie, nelle quali l'uno cerca l'unione e l'altro la sfugge.

Su queste due basi io credo vada impostato ogni studio del genere umano. Non sarebbe assolutamente possibile spiegare il fatto dell'incessante movimento e dei conflitti di uomini e di pensieri senza presupporre questa differenziazione irriducibile, come non sarebbe possibile spiegare la enorme dispersione di energie psichiche senza questa necessità di accoppiamento; ed è meraviglioso come malgrado questi tremendi ostacoli i piccoli «uomini» procedano instancabilmente nel loro cammino evolutivo.

Il perfezionamento costa ad essi tanto più caro in quanto non è raro il caso che intere collettività, spinte dalla ferrea morsa del bisogno, si riversino su altre collettività cercando di sopraffarle e di impossessarsi del loro «ponderabile». Questi movimenti periodici di masse, nei quali trovano la morte migliaia e talora milioni di individui vengono chiamati «guerre». Chi li regola sono i «motori di razza» la cui esistenza, per quanto io ho potuto capire, e affatto ignota sul terzo pianeta. Il loro aspetto è impressionante; le quantità d'energia che racchiudono sono prodigiose; credo che il più piccolo di questi centri motori basterebbe a tenere accesa la vita su tutto Néhe.

Pur attraverso queste difficoltà il cammino percorso dagli uomini, considerata la giovinezza della razza umana, è grandissimo. Come su tutti i pianeti, l'evoluzione procede nel senso dello sviluppo delle coscienze. La storia degli esseri animati della terra è quindi presto fatta. Sin dalla prima comparsa della vita, le condizioni del pianeta l'hanno indirizzata verso la materializzazione. Scarsamente magnetico e, per contro, ricco di energie termiche, il terzo pianeta ha dato origine a forme non appoggiate a cellulerecipienti come fra noi, ma stabilmente incapsulate entro involucri corporei. La vita sin dal primo momento è rimasta prigioniera di questi involucri e legata alle loro vicende; cosicchè non v'è essere animato, sulla terra, cui non corrisponda un corpo.

Questi corpi nascono, crescono e muoiono con la stessa legge con cui si avvicendano in Néhe i nostri centri organici.

Ma mentre sul nostro mondo la mancanza di condizionamenti esteriori permette alle nostre energie di elaborarsi quasi senza sforzo in forme sempre più complesse, sulla Terra questa necessità di trasformazione si imbatte in ostacoli formidabili; perchè parallelamente all'evoluzione della coscienza deve evolvere il recipiente che la contiene. Per tale ragione sono occorsi periodi di tempo straordinariamente lunghi perchè dalle rudimentali forme organiche si giungesse all'attuale uomo; e lungo il percorso infinite specie di esseri sono apparse e scomparse; in parte esse rimangono ancora a popolare la Terra e vengono chiamate animali; esse rappresentano altrettante aberrazioni dell'evoluzione; ciascuna specie è la testimonianza di un lieve errore d'indirizzo degenerato via via in un irrimediabile assurdo vitale: la vita senza possibilità di perfezionamento. Sono tutte destinate a scomparire, quali per esaurimento intrinseco, quali per lento assorbimento da parte degli esseri più evoluti.

Quello fra gli innumerevoli tentativi d'organizzazione che era meglio indirizzato, si incarna negli attuali «uomini».

Questi uomini, grazie alla possibilità di sviluppo di un organo che essi chiamano cervello, hanno potuto salvarsi dalla decadenza. Tale organo è costituito da un insieme di cellule sufficientemente complesse per poter assicurare, oltre che il mantenimento e la riproduzione del corpo, anche la sua graduale evoluzione.

Lo stato attuale degli uomini è dunque uno stato di transizione tra la meccanicità pura degli animali e la libertà pura degli esseri come noi. Tutto ciò che appartiene al mondo esterno è già in grado d'esser elaborato dal loro cervello, ma non può giungere ad esso che attraverso un certo numero di tramiti ch'essi chiamano sensi; i quali naturalmente hanno un campo molto ristretto.

L'«intelligenza» che risiede nel loro cervello ha permesso, però, ad essi di compiere un rilevante numero di raccostamenti sintetici tra i fatti che vedono accadere e le circostanze capaci di produrli. Hanno allora codificati questi ravvicinamenti e si servono di tali codici per provocare a loro talento i fenomeni che desiderano far accadere. L'importanza di tutto ciò non appare a prima vista. Ma ponendo mente al gran numero di limitazioni a cui il genere umano è soggetto, essa diventa evidente.

Gli uomini non possono spostarsi se non con velocità infinitesime, ed eccoli trovare il modo di aumentare queste velocità servendosi di veicoli che essi fanno muovere utilizzando energie inorganiche; non possono a causa del peso staccarsi dalla superficie del pianeta, ed eccoli congegnare strumenti che li trasportano fino a considerevoli altezze; percepiscono le cose attraverso sensi di scarsa portata, ed eccoli aiutarsi con svariatissimi mezzi ed aumentare il loro raggio di azione; sono insensibili a molte forme d'energia ed eccoli costruire apparecchi che trasformano queste energie in altre capaci di cadere sotto i loro sensi; non possiedono la comunicabilità del pensiero ed eccoli creare «linguaggi», ossia materializzazioni di questo pensiero capaci di ritrasformarsi in pensiero quando sottoposte ai sensi di un altro individuo. Infine non possiedono che in piccola misura la facoltà di sintesi ed eccoli appagarsi di ipotesi provvisorie, abbastanza verosimili per tacitare il loro desiderio di sapere e abbastanza superficiali per poter dissolversi via via ed essere sostituite da altre: l'ipotesi della «creazione» con cui colmano l'ignoranza circa le loro origini; l'ipotesi dello «spirito», con cui simboleggiano l'essenza della vita di cui non hanno nozione; l'ipotesi di esseri superiori, (divinità), cui attribuiscono in blocco la funzione dei centri motori cosmici, di razza e di individui.

Ricordando quanto ho detto sin da principio, e cioè che la vita sulla Terra è basata sul «ponderabile», si capirà facilmente come, per la vita e lo sviluppo di esseri a materializzazione integrale siano necessarie condizioni ambienti riguardanti essenzialmente la materia.

Prendiamo ad esempio uno scambio di pensiero tra uomini lontani spazialmente. Esso può aver luogo in molti modi diversi; ma quasi tutti richiedono spostamenti di peso. Infatti, o si spostano gli esseri che devono comunicare fra di loro, o si spostano i tramitiveicolo del pensiero che vogliono scambiarsi. Materia non si sposta senza materia; ed ecco la necessità di speciali sostanzeausilio capaci di sprigionare l'energia necessaria a questo spostamento.

Ho voluto citare questo esempio caratteristico per dare un'idea della straordinaria complicazione della vita terrestre. In pratica i più intensi ed importanti spostamenti sono proprio quelli delle sostanzeausilio, il cui bisogno è risentito in misura molto diversa nei diversi punti della Terra, e che sono utilizzate quasi sempre in regioni diverse da quelle da cui vengono estratte ed elaborate.

La stessa vita corporea degli uomini è vincolata a questi scambi. La conservazione degli involucri organici ha luogo a patto di continue aggiunte di materia esterna, che viene assimilata e trasformata volta per volta secondo i bisogni specifici. Questa materia esterna deve essere a sua volta organica.

Come sul secondo pianeta, anche sulla Terra la vita non ha luogo che a patto della distruzione d'altre vite. Gli uomini incorporano gli animali inferiori come questi incorporano altri organismi meno complessi; oltre a ciò assimilano anche sostanze organiche più semplici che vengono prodotte dalla superficie del pianeta e che sono dette vegetali.

Ecco così delineato il quadro completo dei bisogni degli uomini: terreno da cui ricavare queste sostanze; terreno per far vivere gli animali di cui nutrirsi; terreno per estrarne le sostanzeausilio che permettono gli scambi.

Tutti questi scambi poi avvengono col tramite di simboliintermediari la cui invenzione ed il cui uso costituiscono una delle più geniali manifestazioni dell'attività e dell'intelligenza degli uomini. I simboliintermediari non sono altri che sintesi del ponderabile; un piccolo frammento di ciascuno d'essi può valere quanto una grande quantità di materia; e gli uomini se li scambiano come se si trattasse appunto di oggetti di grande necessità. In realtà questi simboliintermediari, che costituiscono ciò che vien chiamato «denaro» non servono in sè a nulla; ma con essi ciascuno può procacciarsi qualunque sostanza gli abbisogni.

Questa istituzione del «denaro» è forse la più mirabile opera che gli uomini abbiano compiuta per aiutare la propria evoluzione. Essi lo sanno, ma per ragioni che mi sono sfuggite mostrano di pensare il contrario. Non ho proprio capito perchè sia tanto diffusa la consuetudine di disprezzare come cosa vile questa perfetta sintesi di ricchezza, cioè di energia. Una energia non può essere, in sè, nè buona nè cattiva; può soltanto essere adoperata per farne un uso buono o cattivo. Probabilmente gli uomini hanno una vaga coscienza d'esser più inclini all'uso cattivo che a quello buono; e perciò, semprechè non si tratti di sè stessi, ritengono che desiderare il possesso di molti simboliintermediari sia indice di poca perfezione di animo.

I raggruppamenti d'individui che, a grandissime linee si rassomigliano, costituiscono i popoli, e questi sono quasi tutti organizzati in nazioni.

Quanti sono questi popoli? Moltissimi; e ciascuno crede d'essere il migliore, e come tale cerca di imporre agli altri la propria perfezione. Ne risulta che il mondo è teatro di singolari lotte; ciascun popolo si sforza di sopraffare l'altro; e invece di cercar soltanto di acquisire i pregi di tutti gli altri, ciascuno bada ad attribuire la principale importanza ai propri. I motori di razza alimentando questo apparente assurdo operano saggiamente. Esso è il mezzo più energico e rapido per dare impulso agli attriti fra popolo e popolo, indispensabili ad un graduale livellamento.

Neppure in seno ad un medesimo popolo regna la concordia degli intenti e degli apprezzamenti. Di qui una serie di gruppi e sottogruppi, classi e sottoclassi, di cui sarebbe lungo e tedioso parlare. Si riproduce in piccolo quel che avviene fra i popoli e fra le razze; ogni gruppo si ritiene depositario della verità e cerca di imporla; il che non deve far meraviglia quando si pensi che, tirate le somme, questo è il principio informatore di tutta la vita degli uomini: giacchè persino fra singoli individui ciascuno ha una sua verità particolare da opporre a quella di qualunque altro suo simile.

In ciò non v'è errore; ma soltanto ossequio ad una legge generale, che potrebbe enunciarsi così: sul terzo pianeta la vita si svolge secondo il principio dell'affermazione individuale.

Curioso è il fatto che gli uomini, pur obbedendo fedelmente a questa legge, sogliono rinnegarla. Essi amano attribuire sempre i loro atti a forze superiori, come se temessero la responsabilità di ciò che fanno. Un uomo non comunica mai ad altri uomini i motivi che lo spingono ad una qualsiasi azione; o lo fa solo quando vi scorga un utile diretto ed immediato. Come norma, si dichiara ispirato e guidato da «principi astratti» che in realtà sono generalmente troppo deboli per determinarlo all'azione che ha compiuto. Tutti però accettano questo stato di cose, come quello che più si confà alla loro natura.

Anche questo fatto dipende soltanto dalla circostanza fondamentale del diverso grado di maturazione della coscienza. Non possedendo una base comune, gli uomini sono costretti a crearsi delle basi provvisorie; per esempio il criterio di distinzione fra ciò che giova e ciò che nuoce è variabile secondo gli individui; ne deriverebbe un'impossibilità di convivenza; ed ecco il rimedio, costituito, come al solito, da un postulato fondamentale, imposto con argomenti affatto estranei alla ragione di chi non lo accettasse; nel caso specifico questo rimedio consiste in prescrizioni, diverse da popolo a popolo, ma cui tutti devono sottostare, sotto pena di essere privati della facoltà di spostarsi, ed anche della vita medesima.

Molto interessante è ciò che riguarda le relazioni fra individui delle due classi, maschile e femminile. L'accoppiamento segue regole ben determinate. Solo a questo patto gli uomini possono costituire quel nucleo che vien chiamato famiglia e che forma ancora la base delle collettività attuali. Questa forma di accoppiamento non è, di regola, tale da soddisfare nè l'uno nè l'altro dei due individui; perciò anche in questo caso viene applicato il principio generico del rimedio provvisorio. Secondo questo principio ciascuno cerca per proprio conto di sottrarsi alla regola che ha accettata e magari dettata.

Gli individui femmine, essendo loro devoluto il faticoso compito della formazione dei nuovi esseri, si trovano necessariamente ad un livello di inferiorità rispetto agli individui maschi. Generalmente accudiscono a lavori attinenti questo loro ufficio; partecipano scarsamente alle deliberazioni relative alla collettività, e solo recentemente hanno iniziata una curva evolutiva propriamente detta; ma le relazioni fra le due classi — i così detti sessi — sono definite da tanto tempo che occorreranno innumerevoli cicliraggio prima che esse possano sostanzialmente mutare, benchè il problema abbia già cominciato ad affacciarsi alle coscienze più sviluppate.

In mezzo ad esseri così fatti mi sono dunque trovato emergendo dalla crosta terrestre. Intorno a me era un agglomeramento di astucci (case) ciascuno dei quali può racchiudere molte intere famiglie. Benchè in seguito dovessi assistere a ben altri spettacoli, lì per lì la vista degli spostamenti di materia mi sbalordì. Che traffico di uomini e di scatoleveicolo! Che vivacità, che fervore di vita per noi avvezzi alle calme assolute di Néhe! Che commozione pensando ai ferrei imperativi di quella forza immensa che si chiama vita, e che si manifesta successivamente attraverso forme così svariate!

Poco mi bastò per convincermi che gli uomini non si accorgevano affatto della mia presenza. Del resto, assolutamente privo di materia, non potevo certo essere percepito in alcun modo, a meno che gli uomini non fossero stati in possesso di un apposito senso rivelatore. Mi divertii a spostarmi lungo i nastri attraverso i quali si svolge il traffico, a penetrare nelle case, ad introdurmi via via in tutti i corpi solidi che mi si presentavano. E fu nel lasciarmi attraversare da un veicolo contenente alcuni uomini che m'accorsi per la prima volta della presenza di una sostanza reagente rispetto al mio magnetismo. Esplorai subito le varie parti del veicolo. Alcuni elementi di questo erano costituiti da materia permeabile al magnetismo; altri da materia inerte. Mentre mi rendevo conto del fatto, m'assalse all'improvviso una magnetizzazione alternata così forte da rassomigliare in tutto all'urlo di mille abitanti di Néhe messi insieme. Ma pur essendo un urlo ritmico, era assolutamente inarticolato. A costo di disorganizzarmi mi inoltrai risolutamente verso la sorgente che lo produceva. Chiamate a raccolta tutte le mie forze, attutita quanto mi fu possibile la percettibilità, riuscii a collocarmi nel puntosorgente che emanava le onde.

Subito il veicolo si fermò; uno degli uomini ne scese e venne ad aprire la minuscola scatola dove m'ero introdotto. Cominciai a comprendere. Quella magnetizzazione era una condizione essenziale del movimento. Infatti, allontanatomi, il veicolo si potè rimettere in moto.

Sarebbe troppo lungo fare la storia di tutti i tentativi, le indagini, le prove che compii per rendermi conto delle materie sulle quali potevo o non potevo agire. Dopo innumerevoli spostamenti che mi fecero percorrere intere regioni e mi misero successivamente a contatto con molti diversi esemplari d'uomini potei constatare che le specie più progredite avevano costruito una grande quantità di macchine fondate sulla proprietà di un metallo speciale (detto ferro) di immagazzinare e restituire determinate quantità di magnetismo. Questa energia magnetica, però, non viene utilizzata se non in quanto serve di appoggio ad un'altra energia detta «elettrica» di cui non ho potuto assolutamente rendermi conto, non avendo alcun mezzo per percepirla. Sembra che questa energia elettrica accompagni tutti i fenomeni magnetici e possa anche provocarne. Se così fosse ciascuno di noi, abitanti di Néhe, dovrebbe essere una sorgente di elettricità, e il nostro pianeta un immenso serbatoio di tale energia!

Tutte queste sorgenti magnetiche sono assolutamente automatiche, cioè sprovviste di vita. Il loro funzionamento è l'effetto meccanico di determinate condizioni che gli uomini provocano ed in seguito alle quali esse agiscono. Nessuna possibilità quindi di servirmi di esse come di tramite per le comunicazioni con gli uomini; mi furono però utilissime per rifornirmi di energia tutte le volte che ne avevo bisogno. Invece che far agire il debolissimo campo terrestre, andavo a mettermi accanto ad una di queste sorgenti; bastava una brevissima esposizione per farmi ricuperare l'energia perduta.

Per quel che avevo potuto constatare, dunque, non v'era alcun sistema per far sì che gli uomini s'accorgessero di me. Ben diversamente accadeva per la cosa reciproca. Non soltanto io mi accorgevo perfettamente di essi e di tutti gli oggetti che mi circondavano a meno che non fossero di ferro, nel qual caso li percepivo appena, ma fui in grado in brevissimo tempo di seguire quel che accadeva nei cervelli umani. Il processo del loro pensiero è semplicissimo; i concetti, stampati come in una matrice nelle sedielemento che costituiscono il cervello, reagiscono collettivamente in presenza di ogni apporto dall'esterno; la risultante di queste reazioni determina uno squilibrio molecolare nelle cellule che non può essere eliminato se non a patto che esse assumano un diverso assetto interno. Il movimento che ne deriva stimola, ove occorra, appositi alveoliserbatoio, i quali, liberando determinate quantità dell'energia che racchiudono, mettono in moto gli organi materiali da essi comandati. È l'identico processo che, astrazione fatta dalle sedi cellulari, in noi mancanti, avviene nei nostri centri.

Per comprendere quindi ciò che avveniva nel pensiero di un uomo, io non avevo che da avvicinarmi al suo cervello; e, comunque fosse stato formulato il suo ragionamento, me ne rendevo immediato conto; ma quanto a provocare il fenomeno reciproco nel mio «soggetto» tutti i miei tentativi fallivano. Gli uomini non si accorgevano in alcun modo della mia presenza.

Vista l'impossibilità della corrispondenza diretta, pensai allora di adattarmi alle circostanze e servirmi anch'io di un linguaggio. In che modo? L'unica forza che io potevo esercitare e che fosse tale da cader prima o poi sotto i sensi degli uomini era quella magnetica.

Mi ricordai d'essere capitato un giorno in un grande edificio pieno di macchine. In alcuni scomparti di questo edificio avevo osservato che certi individui trascorrevano gran parte del loro tempo ad osservare i movimenti provocati in minuscole lamine da onde appunto magnetiche. Se fossi stato in grado di sostituirmi alle cause che producevano quelle onde, e di provocare a mia volta quei movimenti, certo gli uomini avrebbero finito con l'accorgersene. Mi esercitai a lungo; prima di tutto per abituarmi a produrre oscillazioni regolari, poi per inventare un sistema, un cifrario di gruppi di oscillazioni che potesse apparire ad essi come proveniente da una entità organica. Quando mi parve d'aver raggiunto un'attitudine sufficiente, tentai le prime prove.

L'esito di queste prove è stato negativo. Gli uomini si sono bensì accorti che qualche cosa d'insolito accadeva, ma la consueta abitudine dell'ipotesi provvisoria li ha subito, in diverse direzioni, tratti irrimediabilmente in inganno. Peggio è stato quando ho tentato di manifestarmi in altre maniere. Caricandomi d'energia fino a soffrirne sono andato una notte a provocare tutte le manifestazioni esterne che m'è stato possibile nelle case degli stessi soggetti che avevo messi in avviso, con le oscillazioni, da tanti giorni. Ho fatto agire piccoli magneti, ho impresso vibrazioni a lastre, ho fatto vibrare persino una corrente fluida che conteneva traccie di ferro. Mi sono introdotto nel cervello di ciascuno d'essi, scaricandovi tutta l'energia che potevo: nulla. O per meglio dire molto; ma con quali conseguenze! Accecati totalmente dalle singole ipotesi provvisorie e non trovando i fatti concordanti con quelle, i miei individui sono caduti in una caratteristica forma perturbativa ch'essi chiamano «paura». È una reazione meccanica che tende ad allontanarli da ciò che non possono spiegare. Pare che questa «paura» sia stata nel caso attuale, tanto intensa da provocare effetti disastrosi; ad uno di essi ha causato la morte; ad un altro una deformazione permanente delle sedielemento; il terzo ha potuto resistere soltanto perchè ho subito cessato ogni azione; ma ne ha avuto una scossa i cui effetti non spariranno tanto facilmente.

Poichè gli individui su cui avevo agito appartenevano alla categoria più evoluta fra quelle degli uomini terrestri, e poichè d'altra parte io non vedevo assolutamente la possibilità di tentare altre prove, essendo anche prossimo il termine utile per il mio ritorno, ho lanciato il segnale convenuto per il mio richiamo. Le vicende del mio ritorno e il pericolo corso per l'errore d'apprezzamento del campo magnetico del trentunesimo asteroide sono conosciute.

Voglio ora cercare di trarre qualche conclusione.

La vita terrestre non presenta, secondo me, proprio nessuna delle anomalie che si credeva attribuirle. Tutto ciò che si sapeva sui mondi e sulle loro forme vitali appare sostanzialmente confermato. Gli uomini della Terra sono, durante l'attuale fase evolutiva, duramente provati; ma non vi è dubbio che ascenderanno alle nostre forme organiche superiori. Debbono superare due gradini formidabili: il livellamento di razze prima e quelli di sessi poi.

Per il livellamento delle razze sono quasi sulla buona strada. Nulla potrebbe essere più efficace, per raggiungere questo scopo, che l'indirizzo attuale della loro civiltà, che è rivolto quasi esclusivamente alla intensificazione degli scambi. Non importa se questi scambi debbano avvenire forzatamente per via esterna ed attraverso innumerevoli impacci; questo è effetto di uno stato di cose per il quale non c'è rimedio. Prima di giungere alla livellazione integrale bisogna che ancora innumerevoli movimenti di masse e di idee abbiano luogo; e quindi conflitti, alternarsi di civiltà, eliminazione di sottoprodotti, affinamento graduale di facoltà. Ma entro un periodo di tempo che misurato a secoli non andrà oltre il centinaio, questa livellazione avrà avuto luogo. Un'unica razza, omogenea, abiterà la Terra. Avrà imparato a servirsi delle energie che essa contiene non per gli scopi attuali, ma per dare continuo incremento alla evoluzione sempre più rapida.

Compiuto questo passo, si compirà l'altro, senza il quale nessuna forma organica superiore è possibile. La differenziazione dei sessi scomparirà radicalmente, e il succedersi delle vite sarà regolato dagli uomini medesimi, come accade già nel nono e nel quinto pianeta. Da quel momento la vita terrestre, affrancandosi via via da tutti i condizionamenti, potrà pian piano avviarsi ad assumere la forma definitiva a cui inconsciamente sin d'ora tende.

Qui sorge spontanea la domanda: giunta a questo punto la razza umana sarà superiore od inferiore alla nostra? Io credo di poter rispondere: nettamente superiore. Questo resoconto sommario non è la sede adatta a trattare la questione in tutta la sua complessità; ma esso può bastare, io credo, a rafforzare la convinzione che: «gli sviluppi organici procedono, come tempo, in ordine inverso della loro distanza dal rispettivo centro motore cosmico (nel nostro caso il Sole); e, come intensità, in ordine diretto»; salvo l'apparente già citata anomalia della legge di Haf, di cui le mie constatazioni costituiscono una luminosa conferma».

— È un caso dei più strani — concluse il celebre psichiatra, curvo su Rovalla sempre vaneggiante, dopo che i medici curanti gli ebbero fatta la storia della malattia; — sì, sì, indubbiamente è un caso dei più strani.

— Lei, maestro — ardì interrogare sommessamente Ruschi — non crede che possa trattarsi di una forma, per così dire, di presa di possesso delle forze psichiche da parte di qualche entità sconosciuta, che la scienza, malgrado le sue risorse ed i mezzi di cui dispone...

— Ah, è lei lo spiritista? — rispose lo psichiatra, ripulendosi accuratamente le lenti.

— Credo che intorno a noi esistano forze di cui ignoriamo la natura, ecco tutto. E lei, non pensa...

— Io penso, vede, non se n'abbia a male, che quello lì — e indicò Rovalla — potrò forse guarirlo...

— ... mentre io, è vero, sono spacciato, non è così?

E risero tutti e due, da uomini di mondo, accomiatandosi.

Poi se ne andarono, ciascuno verso le proprie tenebre.

IL CIRCOLO

Pochi soci fedeli sonnecchiavano qua e là sui divani e sulle poltrone.

Il Presidente, assorto, respirava l'aria fresca della notte guardando, a tratti, dai balconi aperti, le stelle.

Entrava dalle due porte spalancate il fragore confuso della strada. Nulla di nuovo, al Circolo, quella sera.

Un'ombra, allungandosi e accorciandosi secondo il gioco delle luci, scivolò sul marciapiede, sostò; un'altra ombra la raggiunse; formarono, mescendosi sull'asfalto chiaro, una figura strana e mutevole; poi dileguarono verso il buio, quasi avvinte.

Null'altro.

Ed ecco, d'improvviso, il Circolo riempirsi di una moltitudine tumultuante. Irruppero, primi, dalle finestre, due antichissimi fra i soci; tanto noti in quella sala e familiari, che parevano esserne divenuti suppellettile: ed entrambi, con le loro grida, ruppero, riempiendolo, il silenzio.

— Sono io! — gridava l'uno — io; Maria! Maria che ti volle, che ti cercò! che tu volesti e che t'ebbe! ch'è una cosa con te, una cosa sola, sì, io!

— Amico, oh, amicissimo! — diceva l'altro. Da tanto tempo! Fratello, quasi; e mi hai voluto bene, e me ne vuoi. Guardami pure, sì il mio volto, i miei occhi, il mio sorriso; io, ti dico!

Gli altri, i presenti, accorsero subito; e si strinsero attorno al Presidente, quasi minacciosi; e fu un coro di grida:

— Ti crede lontano, ti crede al lavoro, a visitare i tuoi malati; si ritiene sicura! Vergogna! Gli parla; lo abbraccia, va con lui, sola con lui, guarda!

E subito, quasi a rincalzo, altri scalmanati, entrando insieme dalle porte: — Gli dice di tornare domani! — urlarono. Ha previsto tutto, tutto predisposto! Sa che a quell'ora tu non puoi essere con lei! Finge, t'inganna, t'insozza, ti copre d'onta e di ridicolo. Che aspetti? Che pensi? Corri, va, guardala, guardali!

Precipitosi, come se rotolassero, giù, dalle soffitte, in frotta, altri indemoniati s'aggiunsero al coro, affollando le scale, stringendo sempre più il cerchio intorno al Presidente. Pallido, disfatto, senza parole, egli girava qua e là gli occhi, vedendo appena, quasi senza coscienza.

— Anche ieri! Anche or è un mese! Le gite improvvise, le visite, le opere di carità... Cieco! Sordo! Ricòrdati! Capisci! e va, che non ti sfuggano ancora!

— Fermi tutti, vili! Che cosa dite, che cosa farneticate? Non è vero! Non può esser vero! Questi sono i baci, non della bocca, che non contano, ma del cuore, dell'anima! Ecco! Ecco il cuore! Ed ecco le parole; quelle che scendono in profondo, e rimangono; indelebili. Si cancellano queste? Si cancella l'idilio sotto l'oleandro, e quel pianto, quelle lagrime, versate in ginocchio, dietro la casa solitaria... Ecco, miserabili! a confusione della vostra infamia ecco le notti, ed ecco i risvegli, e... no! no! Non è vero!

Così aveva parlato, l'incognito difensore. Ma un'ombra, che nessuno aveva notata e che soltanto pochi, in quella sala, ricordavano d'aver veduta passare, rapida e leggera, qualche volta senza rumore, sorse come per incanto, e gli si parò dinanzi risoluta, afferrandolo al petto.

— Ah, io farneticavo dunque? io ch'ero costretto a nascondermi, perchè non mi si voleva, qui dentro; di cui si rideva, che si insultava e spregiava, ma che nessuno aveva il coraggio di affrontare, e voi, Presidente, non osavate scacciare? Eccola, la mia rivincita, se i fatti son fatti, e la realtà conta più delle chiacchiere. Che cosa suggerivo, quando il Presidente bamboleggiava nella sua illusione? E voi, signor avvocato difensore, che volete batter la testa nel muro, siete soddisfatto? La porporina vi par ancora oro di zecchino? Su, rispondete!

— Làsciami, rettile! — rispondeva l'altro. Làsciami, ladro di felicità! Non ti basta il veleno che hai sparso? Ancora vuoi mordere, ancora strisciare?

Ma altra gente entrava, sconvolta, da ogni parte, da ogni vano. — L'ha baciata! — Si baciano ancora! — Incollati, incollati là presso il muro; dicono del loro amore. — T'insultano. — Ella ha detto: s'egli sapesse! E hanno riso; di te; e la risposta egli gliela dà sulla bocca!

E sghignazzavano tutto. — Avvocato, avvocato, parla — difendili!

Non c'era più, l'avvocato. Scomparso, dileguato. In sua vece s'affacciò, ravvolto in un mantellaccio, un taciturno. Pesò, subitaneo, sull'assemblea, un silenzio d'incubo. L'uomo s'avanzò, fermandosi in mezzo alla sala. Nel vuoto che gli si fece intorno, parve, ad un tratto, quasi ingigantito. Afferrò i polsi del Presidente, si chinò, gli sussurrò qualche cosa all'orecchio.

— Làscialo — disse una voce pacata.

Come se fosse sorto dalla terra, un vecchio era apparso e aveva parlato. La sua voce era sicura e riposata; gli occhi chiari e senza lampi. Ma si sprigionava da quella calma una maestà che fece rimaner gli animi sospesi, come nell'aspettazione di un evento. Il vecchio si rivolse al Presidente.

— Non ti macchierai di un delitto. Non ti confonderai con la canaglia che ricompra con una vita un'offesa, solo perchè quest'offesa ha rubato il nome al disonore. Ella ha mentito e ti ha tradito: è donna. Egli ha frodato e predato: è uomo. Ma tu no, non volevi essere uno del gregge. L'ora di mostrare che te ne sei tolto, eccola. Il destino te la offre. Dov'è il tuo coraggio, se esiti? dov'è la tua forza se cedi? dov'è la tua grandezza se colpisci?

— Che m'importa ora, vecchio, di tutto ciò? — proruppe alfine il Presidente. — Lei, lei, la mia Maria! che io adoravo! che adoro ancora!..

— Deve tutto a te! — incalzò la folla tumultuante dei soci — Hai ragione! Hai diritto! Le bastavi, l'adoravi; e ti ha straziato. Chi ti rimarginerà, ora, la ferita? Hai un sacro diritto! Guarda ancora! Si baciano! Vile, vile, mille volte vile!

Allora il Presidente fece davvero per slanciarsi; ma qualche cosa lo tratteneva, qualche cosa gli impediva di parlare, di muoversi, di dominare quel tremito insensato, di vincere quell'arsura, di fermare quel sangue che correva troppo forte su e giù, e gli toglieva il respiro, gli impediva di assaporare l'aria, l'aria fredda di cui aveva bisogno, tanto bisogno... Oh, piangere, piangere, versare tutte le lacrime in una volta, che non facessero tanto male, e poi correre, buttarsi ai piedi di lei... No! No! afferrarla, stringerla con le mani che le avevano donate tante carezze, e ora eran divenute d'acciaio...

Ma quella gente intorno! Tutta quella gente... i suoi compagni, i testimoni... Via, perdio! Fuori! Fuori tutti! Egli, egli solo, da sè! Senza nessuno, così...

— Solo non puoi — gli sussurrò una voce.

— Io, che vengo di sotterra; tu non sai, nessuno sa, di dove, io, sì, posso. Prendo la tua mano, così, come quella di un fanciullo. Ecco. Con calma. Mira adagio. Animo. È fatto.

E venne il processo, e i giudici inquisirono e ascoltarono, e fecero anche dei sopraluoghi.

Ma il Circolo non era più quello. I soci s'erano rincantucciati e nascosti quasi tutti. Una legione di estranei, arruolati per la circostanza, usurpava i seggi e i divani. Molti di costoro il Presidente aveva dovuto farseli presentare; e per l'assoluzione furono i più preziosi.

— Non ho capito niente — disse Giancarlo, finito ch'ebbe d'ingollare il suo wisky — Quei soci, il Circolo, il Presidente... che cosa significa?

— Come?? Un'allegoria tanto facile! È evidente: il circolo il cervello, i soci i pensieri — spiegò il narratore.

— O quell'entrar pei balconi e scender dalle soffitte come i gatti? — chiese l'ingegner Saltastefani.

— Che poca perspicacia! Le finestre gli occhi, le porte gli orecchi, la soffitta la memoria e così via. Del resto è il rifacimento d'una storiella indiana, che la mia versione avrà certo sciupata.

— E questo Presidente? — incalzò Max — è l'«io»?

— Sì e no. — Tutti hanno concorso, alla determinazione; i pensieri buoni e i cattivi. Han vinto i secondi; ma chi ha provocata l'azione è stato l'intuito, il germe istintivo ch'è in noi, sepolto nelle ombre del subcosciente, e parla solo nel momento delle decisioni estreme. È lui che ha armato la mano del Presidente, il quale simboleggia lo spirito. Quest'ultimo crede d'essere la quintessenza dell'«io», ma in fondo, poi, è governato anch'esso da qualche cosa di più remoto.

— Questo immaginare gli uomini come scatoline giapponesi, che più se ne toglie e più ce n'è, sarà indiano, ma non mi piace — osservò Saltastefani — Siamo più semplici e più umani. Perchè, poi, chiamatelo spirito, Presidente, io, super io, o che so io, è sempre la stessa cosa.

E s'abbandonarono tutti ad una dotta dissertazione, nel corso della quale fu dato fondo allo scibile.

Soltanto Margot, la bella moglie di Giancarlo, ancora soprapensiero, quando tutto sembrava finito, chiese

— Ma su chi ha sparato? Su lui o su lei?

E pareva molto nervosa.

E ora? Che fare ora? Da che parte incominciare?

Come sempre accade in questo saturo mondo, aver terminata l'opera contava poco; bisognava presentarla, farla accettare, farle compiere il suo cammino.

Tutti sanno scrivere un libro, progettare un ponte, e anche, volendo, imbastire un sistema filosofico; il difficile sta nel trovare lettori, clienti, e proseliti. E nel suo caso, povero Màtter, le difficoltà da superare erano parecchie.

Se avesse avuto denaro sufficiente avrebbe tentata la sorte in grande stile, recandosi a bussare personalmente alla porta di qualche grosso e coraggioso uomo d'affari d'oltre oceano. Gli Americani, malgrado il male che se ne dice (e fanno il possibile perchè se ne dica parecchio) sono ancora, oggi, gli uomini di vedute più larghe, i soli capaci di affrontare a sangue freddo ed occhi aperti qualunque rischio, quando un utile si presenti come possibile; e forse in America la sua idea avrebbe potuto trovare rapidamente il terreno adatto per mutarsi in realtà. Ma dove trovare le molte migliaia di marchi occorrenti?

Passò rapidamente in rassegna i suoi amici berlinesi. Lì, in quelle due stanzette le cui finestre s'aprivano sulla Potsdamerstrasse rumorosa, ne erano sfilati parecchi, negli ultimi mesi; e molti avrebbero potuto anche prendere interesse alla faccenda. I Tedeschi prendono interesse a tutto. Sperare un aiuto, in quei momenti, con la depressione economica che impastoiava il Reich, era una pazzia, ma in fin dei conti... In fin dei conti, pensò Màtter, nella più rosea delle ipotesi ci vorranno parecchi anni soltanto per terminare gli studi preparatori. Prima che il primo basamento possa essere gettato, della crisi sarà scomparso anche il ricordo. Tentiamo.

Alto, magro, pallido, scuotendo ogni tanto la sua criniera di capelli grigi, Fried Heinz lo ascoltava parlare già da mezz'ora, fissandolo di tratto in tratto con i suoi occhi penetranti, intento a non perdere una parola, interrompendolo ogni qualvolta l'esposizione richiedesse qualche chiarimento.

Fried Heinz era dottore in fisica, e non provava difficoltà a seguire le argomentazioni di Màtter, anche là dove esse più s'inselvavano tra formule e cifre. Assentiva con frequenti cenni del capo, col godimento di chi intende ed approva; e quando Màtter ebbe finito lo guardò a lungo, assorto e silenzioso, continuando ad assentire ritmicamente, come se stesse riandando tra sè quel che aveva udito. Finalmente si riscosse, e fece per parlare.

— Lei sa — lo prevenne Màtter — che io La considero un po' come il mio maestro, la mia guida, e non solo per ciò che si riferisce al campo strettamente tecnico. La sua approvazione al mio progetto, sotto questo punto di vista, sarà per me la più sicura garanzia; ma la mia idea involge problemi tanto grandiosi ed importanti che io vorrei conoscere il Suo pensiero anche al di là del lato tecnico della questione. Penso che, se vorrò combattere, sarà una dura battaglia; crede Lei che valga la pena di buttarcisi?

— Fra le imprese che un uomo può tentare — rispose Heinz dopo un altro silenzio, — eh, sì... io non ne saprei immaginare una più grande. E più ardua!

— Sì, ardua — disse Màtter. — Ma degna! Crede Lei, professore, che se la portata degli effetti raggiungibili potrà essere riconosciuta, le difficoltà economiche saranno sufficienti ad arenarla?

— Hm! — fece Heinz. — Mah! Certo far saltare fuori... quanti? Quattro?...

— Tre o quattro, in vent'anni.

— Tre o quattro miliardi, sia pure in vent'anni, non è la cosa più facile del mondo. Bisognerebbe per lo meno che la certezza del ricupero apparisse così evidente da... Vent'anni sono molti! Dovrebbero mettercisi di mezzo i governi; a meno di non trovare dei finanziatori che sappiano guardare col canocchiale...

— L'olivo ne mette trenta, a dar frutto; e gli oliveti, tuttavia, si piantano.

— Caro Màtter — rispose Heinz sospirando — gli oliveti non costano miliardi. Che cosa posso dirle? Mi lasci il suo scartafaccio, i suoi calcoli, e qualche giorno di tempo. Per quel che può contare il mio parere, Lei lo avrà. Quanto al sapere oggi se la cosa potrà essere fatta o no, non è da fisici, è da profeti.

— Ma... scusi, sa, professore, se insisto. Il suo parere... come dire? di uomo?

— Ah, Màtter, Màtter! — esclamò Heinz sorridendo — sa che è un bell'originale lei? Viene qui, a trovarmi all'improvviso, e mentre mi aspetto da Lei che mi racconti gli ultimi pettegolezzi letterari o, che so io, mondani, mi esce fuori con la proposta di... Brr! Come dire: sa: ho trovato il sistema per tirar giù la luna; che ne pensa Lei? Che ne penso? Mi lasci tirar il fiato, perbacco! A meno che non voglia sapere...

— Non voglia sapere?

— Bah! Lasciamo stare! Le mie opinioni filosofiche non è proprio il momento di sciorinarle. Le dirò qualche cosa di più interessante, e forse più utile, in questo momento. Lei conosce Peter Staff, il banchiere?

— Di fama, molto. Personalmente, pochino. Gli ho parlato tre o quattro volte, al Circolo del Teatro; ma sono amicissimo di Maurizio del Pozzo, che è tra i suoi intimi.

— Parli a Staff, — disse Heinz risolutamente, alzandosi. — Staff ha un fiuto infallibile, e, quel che più conta, ha dietro di sè la SIEGEL e i suoi capitali. Per di più ha relazioni con tutto il mondo dell'altissima banca. Se Lei riesce a convincere Staff, se Staff riesce a vedere il punto d'arrivo della traiettoria, la cosa è fatta. Staff non si spaventa di niente, e lo ha dimostrato già parecchie volte. Aspetti, ad ogni modo, prima di mettersi in campagna, una mia telefonata. Non che io non abbia fiducia in Lei, sa, ma quattro occhi vedono meglio di due... E poi, per quel che vuol fare Lei, una gran fretta non c'è, vero? Auguri, ad ogni modo, fin da ora! E congratulazioni! Eccomi, senza merito, amico d'un uomo che è sulla via di diventare il più celebre fra i nati di donna di tutti i secoli!

Sorrideva, aiutandolo ad infilarsi il pastrano, e poi rimase a guardarlo, sul pianerottolo, mentre scendeva le scale. — Bravo giovane — pensava — e bella testa. — Ma non poteva dissociare da quel pensiero l'altro che, in sordina, quasi suo malgrado, lo commentava: Ventisei anni! Aspetta d'averne cinquanta, figliolo, e ne riparleremo; anche se tutto ti sarà andato liscio.

— Il signore Màtter, vero? Venga. S'accomodi. Ho qui un biglietto di Del Pozzo. Mi dice molto bene di Lei. Fuma?

Grazie. Grazie mille, signor Staff. Molto gentile. Io so che il Suo tempo è prezioso, e certo La disturbo...

— Affatto, caro Signore, affatto. Non si occupi del mio tempo; se non avessi potuto riceverLa l'avrei pregata di tornare. Veniamo a quel che Le sta a cuore. Un affare, credo. Grosso, è così? E misterioso, pare. Dico male?

— Perdinci, come corre! — pensò Màtter, un po' imbarazzato, cercando le parole per cominciare. — Sì, Signore — rispose. — Credo che per grossezza sia senza precedenti. Ha mai pensato Lei che cosa accadrebbe se l'asse terrestre invece di essere inclinato come è, fosse parallelo all'asse dell'eclittica?

Per quanto avvezzo a sentir le proposte più strampalate, Staff non potè far a meno di manifestare una certa sorpresa. «Un altro dei soliti pazzi da mettere garbatamente alla porta» pensò. «Però Heinz l'ha ascoltato, e del Pozzo me lo manda» continuò fra sè. «Posso dargli credito per altri cinque minuti».

— Francamente no — rispose. — Ma immagino...

— Le dirò io, per brevità. Accadrebbe che, stando il Sole perpetuamente nel piano dell'equatore, non ci sarebbero più stagioni. Sempre caldo, un po' più di adesso, nella zona torrida; e sempre freddo, molto meno di adesso, nelle zone polari. Più precisamente, date le particolari facoltà d'acclimatazione della razza umana, una piccola diminuzione d'abitabilità nella zona equatoriale (già ora, d'altronde, quasi disabitata) e un forte aumento di abitabilità nelle zone polari; particolarmente nell'Antartide, con possibilità di sfruttamento di vaste risorse minerarie. Vantaggio numero uno.

— Perdoni se la interrompo, caro Signore. Lei viene a prospettarmi un'ipotesi, o a propormi un affare? Perchè mi pare che il suo inizio non prometta niente di solido; a meno che Lei non abbia intenzione di tirar fuori un suo sistema per effettuare questo raddrizzamento. Badi; l'ascolterò in ogni caso. È soltanto per sapermi regolare circa il genere di attenzione che devo prestarle.

— Ho il sistema, definito in tutti i suoi particolari, rigorosamente verificato e approvato dal Professor Heinz; ho i preventivi di spesa e di tempo; e sono venuto qui per sottoporli a Lei; ma soltanto per sentire la sua opinione di uomo d'affari, pratico e positivo. Se Lei pensa che io sia uno dei soliti inventori del moto perpetuo, mi congedi subito, e non ne parliamo più. Ci terrei solo a non esser preso per un pazzoide. Lei sa che io sono laureato, e, quanto all'integrità delle mie facoltà mentali, può assumere informazioni presso chiunque mi conosca.

— Avanti, allora. Continui come se non avessi detto niente.

— Seconda conseguenza: Niente stagioni, regime di temperature costante, tranne insignificanti variazioni, per ogni punto della Terra. A Gibilterra sempre 24 gradi, a Londra sempre 14, a Verkojansk sempre 2; naturalmente prescindendo dalle «escursioni diurne». Il corollario, per ora, mi limiterò ad enunciarlo, poichè la dimostrazione sarebbe lunghetta; ed è questo: la produzione agricola mondiale sarebbe più che raddoppiata.

Terza conseguenza: Regime di venti rigorosamente regolarizzato; zone di mare sempre calme o sempre agitate; gruppi di itinerari marittimi (quelli in zone tranquille), percorribili a velocità comunque elevate; altri gruppi di itinerari praticabili perpetuamente da velieri; navigazione aerea sviluppabile, senza gli incerti meteorologici, sino ad un grado enormemente superiore all'attuale; possibilità praticamente illimitata di sfruttamento delle correnti atmosferiche per scopi meccanici.

Questi sono i tre gruppi di conseguenze più importanti. Ve ne sono numerose altre secondarie; ma tutte confluiscono verso due direzioni: l'aumento della facilità degli scambi, e l'aumento della ricchezza mondiale.

— Cose sulle quali — io parlo da scettico, naturalmente, da avvocato del diavolo, — bisognerebbe sentire l'opinione di metereologi, di agronomi e di geografi, a dir poco.

— Anche questo è fatto — rispose Màtter — e queste duecento pagine di appendice, guardi, contengono i risultati dell'inchiesta preliminare che ho fatta io, con l'aiuto del professor Heinz, presso i migliori esperti che ci è stato possibile trovare. Leggerà lei stesso, se vorrà leggere. Vuole che le parli ora del metodo?

— Bravo. Sono proprio curioso!

— Il metodo più economico sarebbe quello di aver pazienza e aspettare. L'inclinazione fra il piano dell'equatore e quello dell'eclittica diminuisce spontaneamente, per cause in parte note e in parte sconosciute, di circa mezzo secondo all'anno. Basterebbe pazientare centosettantamilaottocentoquarant'anni, e l'inclinazione sarebbe scomparsa. Ma è un metodo troppo lungo, e l'ho scartato — disse Màtter sorridendo.

— E allora?

— Allora, scartati numerosi progetti (se ne possono immaginare parecchi, ma tutti troppo costosi e lenti) mi sono fermato sull'unico attuabile. Durata dell'operazione: venti anni. Spesa: da tre a quattro miliardi.

— Ed è?

— Eccomi a lei. Quando io dico che un raggio di sole «scalda» un corpo, non faccio che esprimere con parole del linguaggio corrente questo fenomeno: il raggio solare attiva i movimenti, caotici e disordinati, delle molecole di quel corpo. Supponga di poter interporre fra il raggio e questo corpo un diaframma di una sostanza che goda della proprietà di lasciar passare soltanto quella parte di raggi capace di attivare tali moti in un solo senso, precisamente nella direzione del raggio. Che cosa accadrà? Il corpo non si «riscalderà» più; sarà invece «spinto» come se i raggi lo bombardassero materialmente.

— Che razza di diaframma sarebbe? L'ha inventato lei?

— Non è un diaframma materiale. Immagini un faro che proietti nello spazio, tutt'intorno, una raggiera di luce; una specie di ombrello giapponese fatto di radiazioni. Lo vede?

— Bè, e quest'ombrello?

— Arresta e assorbe quella parte di energia dei raggi solari che non ci serve. L'altra parte, la parte utile, passa e arriva alla terra.

— E quando è sulla Terra?

— Esercita una pressione di trentacinque chilogrammi per metro quadrato. Trentacinquemila tonnellate ogni chilometro quadrato. Questa pressione, fatta agire su determinate zone della superficie terrestre, ed in determinati momenti, è capace di raddrizzare l'asse terrestre in venti anni.

Di nuovo Staff dubitò di aver a che fare con un pazzo. Màtter si mise a sfogliare tranquillamente l'incartamento che aveva tra le mani.

— Ecco i dati — disse. — Noi costruiamo ventisei di questi fari; metà distribuiti fra Canadà e Siberia; e metà fra Australia, Sud Africa e Sud America. Li facciamo agire opportunamente a seconda delle stagioni; tenendo conto che la terra reagisce girostaticamente, come una trottola, a primavera quelli del Nord, in autunno quelli del Sud. Ciascun faro è capace di assicurare, per tutta la durata dell'accensione, (6 ore al giorno) una pressione utile di circa 10 milioni di tonnellate. Data la rotazione della terra, il suo momento d'inerzia, le forze in gioco, eccetera eccetera, la raddrizziamo in venti anni. Spesa, come lei potrà vedere da questo accurato preventivo, al massimo 4 miliardi; che ricuperiamo con ogni probabilità entro i primi due anni dal raddrizzamento.

— Li ricuperiamo? Ma chi li ricupera? Chi?

Il mondo — disse Màtter calmo, guardandolo.

— Questo Màtter è un pazzo, pazzo da legare, pazzo nel vero senso della parola — andava ripetendo fra se Staff, mentre scartabellava il volume che l'inventore gli aveva lasciato. Ma per quanto si sforzasse di pensarlo pazzo, non poteva cancellare dalla mente il nugolo di pensieri che quel colloquio gli aveva suscitati. Sentiva che qualche anello della catena doveva mancare, che le cose non potevano essere così semplici come Màtter le aveva prospettate; ma non vedeva ancora bene il punto vulnerabile del progetto. O le affermazioni di Màtter sulle proprietà dei suoi fari erano sballate, e allora la bolla di sapone avrebbe fatto presto a scoppiare; o erano esatte e allora non poteva esserci che una sola buona ragione per lasciar cadere la cosa: il dubbio sul risultato.

Questa considerazione lo spinse ad incominciare la lettura dalla fine; dalle relazioni cioè che Màtter aveva allegate al fascicolo, e che contenevano le previsioni relative all'andamento della vita sul pianeta dopo il raddrizzamento.

Quelle relazioni portavano firme davanti alle quali bisognava inchinarsi; e i pareri che esse contenevano erano tali che Staff, quand'ebbe finito di scorrerle, le rilesse, poi divorò tutto il resto dell'incartamento, e infine rimase un pezzo a fantasticare, contrariamente alla sua indole e alle sue abitudini.

Più d'una volta nella sua vita l'ambizione lo aveva accecato; ed ogni volta aveva pagato a caro prezzo quell'oscuramento del suo senso critico; molte altre, in compenso, aveva veduto chiaro là dove altri non avevano osato neppur guardare. Ora il caso lo metteva di fronte ad un problema gigantesco; veniva a solleticarlo nel suo punto debole con una prospettiva di grandiosità inaudita; lo sfidava al suo gioco preferito, mettendogli sotto gli occhi la più sbalorditiva delle poste.

Non gli passò neppure per la mente l'idea che l'impresa potesse essere studiata, decisa ed attuata da altri che da lui. Per un uomo come lui, il denaro in cassa «liquido ed immediatamente spendibile» non contava quasi nulla. Contava il credito; il prestigio; il nome. Una firma di Staff rialzava le sorti di un'industria pericolante; una sua frase bastava a provocare o ad arrestare il tracollo di un titolo. Talora doveva sorvegliarsi perchè, muovendosi da ciclope in mezzo ai complicati e delicati labirinti della finanza, una sua mossa involontaria non avesse a produrre guasti. La sua voce varcava le mura delle Borse, e dove arrivava suscitava echi che non si smorzavano tanto presto nè facilmente.

Avere il denaro non contava. La voce pubblica lo diceva miliardario; l'unico miliardario, forse, del vecchio continente; ma il fatto d'avere o non avere il denaro non entrava in quel momento nei suoi pensieri. Il denaro si trova. Duecento milioni all'anno, se Staff parla, si mettono insieme. La questione non sta qui; sta nell'intuire se l'affare sia buono o cattivo; l'affare mastodontico al termine del quale o si precipita nel nulla, o si resta nella storia.

La Terra era una trottola, stupidamente inclinata, come tante altre trottole del resto, sul piano della sua orbita. Raddrizzarla costava caro; ma si poteva. Bisognava destare l'attenzione del mondo; gli uomini, questi fanciulloni, farli sognare ad occhi aperti; promettere e lusingare; sedurli col miraggio di quella ricchezza che, questo era certo, avrebbe fatto sorgere nuovi bisogni, e quindi non avrebbe aumentato che per breve tempo il benessere reale; ma illudersi di star meglio è già star meglio; anzi forse è il solo modo di star veramente meglio; e a lui sarebbe spettato il merito d'aver creata questa illusione.

Avrebbe fondato un istituto internazionale. Quattro miliardi, a duecento milioni l'anno; immaginò rapidamente tre o quattro piani per il servizio degli interessi; cercò di frugare in quel futuro ipotetico, per vedere dove avrebbe potuto attingere per il ricupero della somma spesa, degli interessi, e poi... Vent'anni! Ne aveva quarant'otto; contava, con la sicurezza cocciuta e irragionevole del suo temperamento, di arrivare per lo meno agli ottanta. Ma poi, che importava il guadagno? Lo affascinava l'impresa. Lo affascinava l'immensa battaglia che ci sarebbe stata. Ci si sarebbe gettato con tutto il suo peso di colosso che non conosce ostacoli e, se ve ne sono, li stronca. Avrebbe misurata la sua statura in un cimento da par suo, finalmente!

— Questo Màtter è pazzo; pazzo da legare — pensò di nuovo, come conclusione. Ma riprese lo scartafaccio, e si rimise a leggerlo, senza lasciarsi sfuggire una virgola.

Matto lo giudicò anche Maurizio, Maurizio del Pozzo, il collega d'università con cui Màtter era stato «laureando» e poi «laureandissimo» a Padova, non molti anni prima. Agente di un Istituto di credito, del Pozzo era a Berlino per ragioni d'impiego, come Màtter; e il posto glielo aveva trovato Staff, ch'era stato amico del padre.

La casa di Maurizio non era il lussuoso appartamento di Staff; ma vi si potevano gustare la pasta asciutta e il caffè; due cose difficili a trovarsi in Charlottemburg. Ed era stato proprio dopo una sobria cenetta all'italiana, anzi alla bolognese, che Màtter aveva esposto a del Pozzo il suo progetto.

— Sei il solito gran talentaccio — aveva concluso Maurizio, dopo aver attentamente ascoltato. — Se ti mettessi a fare qualche cosa sul serio!

— Sul serio? Ma queste son cose serissime! Guarda qui. Li vedi questi fascicoli? Ti pare che Heinz, Jordan, Mitchell, e questi altri mi avrebbero data la soddisfazione di scrivermi qui il loro parere se non si trattasse di cose serie?

— Ma cosa? Pensi veramente di raddrizzare l'asse terrestre?

— E che? Ho scherzato, allora?

— Non dico che tu abbia scherzato. Il progetto sarà bellissimo e anche possibile, ma realizzarlo è un altro paio di maniche. E poi, queste conseguenze che tu ti proponi di raggiungere...

— Ebbene?

— Ma sono pazzesche, caro Màtter! Abolire le stagioni! Regolarizzare vento, mare, pioggia, fiumi... senza più imprevisti! senza più diversità! tutto meccanico, prevedibile, esatto; ma questo non sarebbe più il mondo! almeno un mondo fatto per uomini di carne e d'ossa.

— Non vedo perchè. Anzi, ognuno potrebbe spostarsi a piacimento per andar a stare nel luogo che in un determinato momento preferisse. Quanto al fatto di sottrarsi agli incerti metereologici, non mi pare affatto un inconveniente, ma al contrario un grosso vantaggio. L'aviazione, per esempio...

— Tu sei infatuato della tua idea; naturale. Ma vedrai che, ammesso che tu possa proporla, troverai il più serio ostacolo proprio in quegli uomini che pretendi di beneficare. Beneficare! Andando contro natura in questo po' po' di maniera!

— Ma andar contro natura è lo scopo supremo di tutti gli uomini, te compreso! La natura! Ma tutto, tutto, nella civiltà, procede nel senso di correggerla, la natura! Tu per il primo, che ti copri con questi abiti, e adoperi il telefono e il treno, e ti servi dei ritrovati più moderni per la tua vita, non vai contro natura?

— Bravo! E giusto perchè esiste un male, tu ne vuoi aggiungere un altro più grosso? Dove credi che porti, questo affannarsi dietro alle chimere meccaniche della civiltà moderna? Alla perdizione, alla rovina, se ci si lascia trasportare supinamente...

— Ma che cosa dici? Pretenderesti di fermare l'evoluzione solo perchè cammina un po' più in fretta di quel che non comporti la tua pigrizia?

— Ah, non è pigrizia, caro Màtter! È l'unica salvezza che ci rimanga, questa di resistere un po', ciascuno per quel che permettono le sue forze, a questa corrente che ci trascina, e salvare quel che si può ancora salvare di buono, di vero, di nobile, in questo scatenarsi di forze demoniache! Demoniache. Demoniache. Ti faccio sorridere, vero? Ti sembro un retrogrado, un «codino». Ma che cosa pretendi? Che io approvi la tua idea di cambiare l'ordine che Dio ha stabilito per la nostra Terra? Che ti dica bravo perchè hai trovato un sistema di mettere in pratica questa tua bella idea, che ha lo scopo di rendere il genere umano un'accolta di fantocci automatici? Cosa ci avrà guadagnato il mondo, dimmi, quando per un po' di denaro avrà rinnegata la primavera? Non parliamone, via... Vedi che sono sincero. Il tuo talento mi fa sbalordire. Ti ammiro; ti dico che con la tua testa puoi riuscire in quel che vuoi. Ma hai avuto, questa volta, un'idea pazza; e non attecchirà, vedrai. Il mondo, in fondo, ha risorse di buon senso che al momento buono vengono a galla. Quello che tu vorresti fare è un delitto... Ma se c'è una sola cosa buona, santa, che ancora ci rimanga, via — proseguì raddolcendosi — ed è questo po' di mistero, di indefinito, di poetico che ancora ci avvolge; e che ancora ci fa sognare davanti ai colori di un'aurora, all'azzurro di un cielo, all'improvviso scroscio di una pioggia d'estate... No. Nel tuo mondo tutto è calcolato, catalogato, codificato. Dalle ore sette alle nove, qua pioggia, là sole, in quest'altro luogo vento; sempre, per l'eternità, a ora fissa, al minuto. Pazzo! Pazzo!

Màtter non rispose; pensava che dall'azzurro del cielo si può, con appropriati calcoli, determinare il numero di Avogadro; e che l'abisso che lo separava da Maurizio era più profondo e incolmabile di quello che non lo dividesse dal più umile dei battellieri della Sprea.

— Che debbo dirti, caro Maurizio! — esclamò alfine. — Non ci guasteremo per questo. Io resterò nella mia opinione, e tu nella tua. Chi te lo fa, questo caffè?

— Io, io, — disse Maurizio con orgoglio. — Lo preparo io ogni mattina. Ne bevo un po' troppo, veramente; e dovrei invece limitarmi. Ma, sai, la sera lavoro; qualche volta fino a tardi; e un po' di caffè ci vuole.

Passarono nello studio. Poi Maurizio, con visibile soddisfazione, andò a prendere, da un cassetto della scrivania, il suo lavoro, per farlo vedere all'amico.

— Una cosetta — disse. — Non sono cose difficili come quelle di cui ti occupi tu. Ma ci vuole amore e pazienza. Sai? è una agiografia limitata ai Santi tedeschi. Sapevi per esempio che San Bruno, vescovo di Whurzburg e patrono di Franconia...

Pochi giorni dopo Fried Heinz saliva le scale dell'appartamento di Màtter, che, bloccato da un leggero ma noioso attacco di influenza, era costretto a rimanersene a letto nella sua stanzetta di Potsdamerstrasse. Il malato, già in via di convalescenza, lo accolse con grande gioia.

Dopo tutto Heinz era, dei tre, il più vicino a lui; quello verso cui, per naturale simpatia, egli si sentiva più attratto.

— Professore! Professore! Non s'accosti per carità! Non mi faccia avere il rimorso di averle comunicata l'influenza...

— Lasci stare i rimorsi, caro Màtter — disse Heinz, accostando una sedia al letto e sedendo. — Mi dica come va, piuttosto.

— Domani mi alzo — rispose Màtter, gaio. — Sono stufo; non ne posso più.

— Non faccia imprudenze, amico. È troppo facile ricadere. E lei deve aver bisogno di star bene ora, se quel che mi ha telefonato proprio adesso Staff è vero.

— Staff? Staff le ha telefonato?

— Un'ora fa. Come vede non ho tardato a venire; in veste di evangelista: portatore di buone novelle. Adesso si rimbocchi bene le coperte fin sul naso, e faccia bene attenzione. Dunque mi ha detto Staff... Ma no, caro Màtter! Le ho detto di mettersi sotto, e lei salta su come una cavalletta. Giù, sotto, da bravo, così.

Màtter obbedì, come ipnotizzato, senza staccare gli occhi da quelli di Heinz; ma il cuore già gli batteva forte, e un rossore di gioia gli saliva alle gote. Dunque Staff...

— Dunque Staff le dà appuntamento per domenica alle nove a casa sua. Si scusa di non averle scritto, e di non essersi fatto vivo per un mese. Lei sa meglio di me che uomo sia Staff, e non c'è bisogno di cercare giustificazioni al suo silenzio. Dice che in questo mese ha riflettuto molto sulla sua proposta, e che, in linea di massima, salvo naturalmente uno studio più accurato da farsi insieme con lei, e senza che ciò costituisca impegno da parte sua, è disposto a prenderla in considerazione. Ma stia giù, benedetto figliolo! Vuol riammalarsi proprio ora?

Questo è quanto io dovevo dirle da parte del signor Staff — continuò. — Per conto mio posso aggiungere, molto riservatamente, s'intende, che mi consta che egli abbia eseguita una specie di inchiesta molto segreta tra un certo numero di «esperti». Lo so perchè tra questi esperti... c'ero anch'io.

— E lei? E lei professore? — interrogò Màtter ansioso — Che cosa ha detto?

— Non ho detto niente, io. Io ho mostrato. Credo che lei mi avesse autorizzato a farlo, vero? Ho fatto assistere Staff ad alcune prove di pressione, per radiazione meridiana, a cielo sereno.

— Quanto ha registrato? — interruppe Màtter.

— Undici chilogrammi circa, per una superficie di tremila centimetri quadrati. Corrisponde.

— E si è convinto? Convinto del tutto?

— Credo bene di sì. Ma parlerà lei stesso del resto. Io per il momento la mia missione l'ho compiuta, e felicemente. È contento?

— Se sono contento, professore! Salterei dalla gioia, se lei non mi avesse proibito di muovermi! Come la ringrazierò ora? Se ho potuto entrare in relazione con questo miracoloso uomo lo debbo a lei! e ancora a lei debbo la revisione dei miei calcoli!

— Che erano esattissimi! Dunque vede che di mio ci ho messo molto poco! esclamò Heinz, cordiale.

— Mi ringrazierà dandomi un posticino nelle sue Memorie, quando le scriverà. Memorie dell'uomo che raddrizzò l'asse terrestre: Erdachsenrichtererinnerungen.

— Dirò in queste memorie — osservò Màtter ridendo, — che il professor Heinz non ha voluto però dire la sua opinione personale sulla mia impresa.

— Mio caro Màtter, Fried Heinz ha cinquantatrè anni, ma è di spirito assai vecchio, molto vecchio. Quel che potrebbe dirle non gioverebbe che a raffreddare il suo bell'entusiasmo, e lei ha bisogno invece di energia e di fede.

— Come? — esclamò Màtter sorpreso — Raffreddare il mio entusiasmo? In che modo? Perchè?

— Ma no, ma no. Idee da vecchi, le dico. Perchè vuol che le guasti la sua grande gioia di oggi?

— Ma perchè quel che pensa lei mi preme saperlo! Perchè ho fiducia in lei! E questo suo voler tacere mi fa pensare che lei abbia delle riserve da fare, spiacevoli per me.

— No, no — disse Heinz, rassicurante. — Niente, proprio niente di spiacevole. È il mio modo di vedere le cose. Io non sono un pessimista, sa, nella vita. Ho sempre lavorato. Ho sempre avuto davanti a me qualche meta. Molte di queste mete le ho raggiunte. Poi, man mano che le raggiungevo, mi accorgevo che non valeva la pena di averle perseguite. Ho finito col convincermi che non esiste niente che valga veramente la pena di essere raggiunto.

— Ma, il mio caso, anzi... — obiettò Màtter.

— So cosa vuol dire. Il suo caso è tipico; è l'eccezione per antonomasia. Se non vale la pena di portar a compimento un'impresa come la mia, pensa lei, niente vale la pena di esser fatto. Ma appunto perchè il suo è il caso tipicamente eccezionale, la mia opinione si conferma. Ma perchè devo affliggerla con le mie geremiadi?

— Al contrario, la prego, la prego io, di dire il suo pensiero, tutto! — esclamò Màtter.

Heinz allargò le braccia. — E allora parlerò disse. — Il mio pensiero è semplice. Per un uomo non ci sono che due vie; o vedere la vita come una strada da percorrere, o vederla come uno spettacolo da guardare. Se si ha la fortuna di vederla come una strada; tutto va bene. Dal garzone di stalla al ministro, l'immensa maggioranza degli uomini vede così. Badi che per «strade» io intendo anche quelle che salgono. Percorrere una carriera, farsi un nome, diventare potente e famoso, sono variazioni di un unico tema: quello del benessere da raggiungere, della vanità da soddisfare. Chi vive così appartiene alla schiera dei contentabili, e può essere felice a qualunque tappa si trovi del suo cammino, ogni volta che qualche fatto esterno venga a produrgli un incremento di benessere. La felicità non è nel benessere; è nel suo aumento. Più l'aumento è rapido, più intensa è la felicità. In gergo matematico la felicità è la «derivata» del benessere rispetto al tempo . Il naufrago nel momento in cui riesce ad afferrare il salvagente, è felice; eppure nessuno potrà dire che il suo benessere in quel momento sia grande. Ma queste sono divagazioni. Per chi si contenta, dicevo, la felicità è a portata di mano, a tutte le ore; ma per chi guarda la vita dal di fuori, le cose vanno diversamente.

Quando il benessere materiale o morale non basta più — continuò Heinz dopo una pausa — la faccenda si fa più grave. Che cosa appaga più? Niente. Si pensa (parlo di me, ma forse qualche cosa di quel che dico vale anche per lei) si pensa che non ci si potrebbe appagare se non di un assoluto. Ma dove sono gli assoluti? La ricchezza e la potenza sono degli assoluti? Basta la rottura di un minuscolo vaso sanguigno per scaraventare sotto terra il più potente degli uomini. Dopo, tutto tornerà uguale; nell'economia dell'Universo, che cosa sarà valsa la breve vita? L'immortalità; ecco un assoluto; quello, anzi, tra gli assoluti, a cui più mirano gli assetati di quest'acqua chimerica. Per assicurarsene una parodia, essi prodigano per cinquanta, sessanta, settanta anni, tutte le energie di cui sono capaci. Ma è una parodìa. Che la memoria di un uomo duri due giorni o duemila anni che importanza ha? Lei che è matematico sa che esistano, di fronte all'infinito, differenze tra quantità finite? Se si respira una volta sola l'atmosfera dell'illimitato, tutto ciò che ha un termine asfissia; eppure tutto ciò che è umano ha un termine. Noi ricordiamo Platone e anche Mosè; ma di Atuni, divinizzato dai suoi contemporanei Lemuri, chi di noi ha mai sentito parlare? E da quel tempo l'asse terrestre, da lei preso di mira, non ha compiuto ancora un intero cono di precessione!

Altri assoluti? Sì; l'onnipotenza; è la meta, perdoni, verso cui inconsciamente si è incamminato lei. Ma quando avrà raddrizzato l'asse terrestre, che cosa avrà fatto? Avrà impresso uno spostamento angolare di 23 gradi e mezzo ad uno dei duemila miliardi di mondi costituenti uno degli ottanta miliardi di sistemi stellari di cui si compone quello che noi chiamiamo Universo. La sua fama durerà su quel corpuscolo per parecchi millenni; qualche cosa come la decimiliardesima parte dell'età che noi crediamo di poter attribuire oggi ad una determinata trascurabile fase (la fase di «espansione») della vita di questo Universo.

È molto poco. La facoltà veramente grandiosa della nostra mente è quella di comprendere. Questo sì che vale! Questo sì che è grande! In un piccolo cervello trovano posto tutti gli infiniti, anche quelli che i sensi non afferrano e solo la matematica suggerisce. Ma «fare»! Che cosa può fare l'uomo che stia alla pari, per grandezza, con quello che egli può comprendere? Che gioia può ricavare dall'azione un uomo che abbia potuto riflettere in sè, anche per un solo momento, tutto l'esistente? Raddrizzare l'asse terrestre? È un'impresa che, nell'economia dell'universo, conta poco più che spostare questa sedia.

— Ma se nessuno agisse, se nessuno avesse mai agito, a questo mondo — protestò Màtter, — lei non potrebbe neppure, ora, pensare così! Quello che lei oggi sa, lo deve al lavoro degli uomini che l'hanno preceduto, i quali hanno studiato ed operato perchè lei e noi potessimo cogliere il frutto della loro fatica; e la nostra conoscenza non ha altra radice che l'azione!

— E che importanza ha che io possa pensare così? Quando avrò pensato qualche anno ancora sarò morto. La mia sapienza mi avrà dato qualche soddisfazione; ma se fossi stato un selvaggio, soddisfazioni non me ne sarebbero ugualmente mancate!

— Ma in un livello ben più basso!

— Ma il mio livello attuale è forse un assoluto? Di fronte agli abitanti di cento milioni d'altri mondi della gran patria universale, noi siamo certo peggio che selvaggi, se la legge della probabilità non sbaglia, il che sarebbe il più curioso dei casi. Ne abbiamo forse coscienza? Macchè! Ci pare d'essere dei privilegiati. Ma lei si scopre continuamente, mio caro Màtter! Si metta sotto, tranquillo, e pensi a realizzare il suo sogno. Questo è ciò che importa in questo momento. Vede che sono sceso dal mio scanno? E tanti auguri. E arrivederci presto. Se domani starà meglio, mi mandi un biglietto; e poi venga sabato sera a casa mia. Discuteremo sugli impianti preliminari per le sue officine. Non ci pensi, a quello che ho detto. Idee da vecchio; da vecchio che ha ancora poco da campare.

Il Reichstag buttò giù con molti voti di maggioranza il Gabinetto; e al timone dello Stato il vecchio Presidente del Reich dovette chiamare un cattolico di destra dal poco peregrino nome di Müller. Il quale il giorno stesso si recò di persona in casa di Staff ad offrirgli il dicastero dell'Economia.

Un grande, audace piano di riforme tributarie era balenato alla mente di Müller; e Staff, l'uomo del momento, malgrado la sua nota ingerenza in una quantità di imprese industriali e bancarie, era l'unico che fosse in grado, col suo acume e la sua esperienza, di sbrogliarne l'intricata matassa.

Staff prese ventiquattro ore di tempo per studiare la situazione e riflettere. Quell'offerta lo sconcertava; ma nello stesso tempo lo lusingava. La situazione politica s'era inverosimilmente ingarbugliata negli ultimi giorni; quella economica lo era già da un pezzo; occorreva, per trovare in quel caos una via d'uscita, un uomo di eccezionali qualità di mente e di energia; e il vedere che in quel frangente il cattolico Müller era stato costretto a pensare proprio a lui, non certo sospettato di simpatia per il gruppo di Müller, lo faceva legittimamente inorgoglire. Una vecchia idea, da tempo abbandonata, risorgeva in quella circostanza, nel cervello del dinamico Staff; un'idea sottile e nello stesso tempo grandiosa; la cui riuscita avrebbe potuto provocare una rinascita finanziaria che avrebbe avuto per l'Europa l'effetto di un magistrale colpo di scena. La perfezionò febbrilmente, in quelle ventiquattr'ore, consultando archivi e documenti, riempiendo di cifre fogli su fogli. Voleva esser ben certo che avrebbe potuto tradurla in realtà, ed esordire come ministro con un atto di accortezza e di audacia tali da far sbalordire. Se il suo piano riusciva, se il gioco andava bene, quale successo! Müller era un debole; una figura di secondo piano; egli, Staff, ne valeva dieci, di Müller; le sue qualità avrebbero avuto campo di brillare nello scialbo gabinetto, e dall'Economia alla Presidenza il passo non sarebbe poi stato tanto lungo.

— Hans.

— Comandi, «Eccellenza».

— Non dir sciocchezze, Hans... A che ora debbo andare dal Presidente?

— Alle nove, domattina.

— Bene. C'è niente di impegnato per quell'ora?

— Nulla. Ah, sì! Màtter, il signor Paolo Màtter.

Staff rimase un momento sopra pensiero. Poi si scrollò nelle spalle.

— Gli dirai... gli dirai che sono dal Presidente.

— E devo farlo tornare?

— Digli che gli scriverò io. Ma che abbia pazienza. Con bel garbo. Fagli capire che per un bel pezzo avrò molto da fare. Ah, se volesse in restituzione un certo incartamento, è quello lì, guarda, sullo scaffale, nella cartella rossa.

L'idea di Staff, una volta tanto, era stata cattiva.

Il piano fallì. Staff, trascinato dall'ingranaggio che aveva messo in movimento, ne fu stritolato.

Nella crisi con cui il paese scontò gli errori dei suoi governanti, molte industrie furono travolte, e il numero dei disoccupati raggiunse cifre così alte come mai negli ultimi vent'anni. Màtter, licenziato per necessità dalla ditta in cui era impiegato, rimase solo, sperduto e senza mezzi, nella città dove aveva sognato i suoi grandi sogni; e dovette all'amicizia di Maurizio la fortuna di trovare miracolosamente un posticino di quart'ordine nella banca di Maurizio stesso.

Sullo scartafaccio contenente l'invenzione, molta polvere s'era accumulata quando, una sera, scorrendo il giornale, Màtter vi lesse l'annuncio della morte dell'ex ministro. Staff s'era ucciso con una rivoltellata, nella stanza di un albergo. La catastrofe lo aveva vinto; l'uomo dei rovesci e delle fortune, stanco, aveva perduto la forza di lottare.

Màtter alzò gli occhi, quasi meccanicamente, dal giornale alla mensola dov'era il suo incartamento. Ora era finita per davvero. Si sentiva stanco, invecchiato, senza energia. Pensò che dieci giorni lo separavano ancora dalla riscossione del prossimo stipendio; in tasca non aveva più che pochi marchi. Avrebbe dovuto chiedere del denaro a Maurizio, un'altra volta; gliene avrebbe dovuto chiedere dell'altro il mese successivo; e così via, chi sa fino a quando; chi sa per giungere a quale mèta. Lottare? Resistere? Pensò alle teorie di Heinz; in fondo non erano poi tanto assurde. Della scala da salire, egli era ripiombato all'ultimo gradino; bisognava ricominciare, su, su, ancora, per anni, per altri anni... Perchè? Per vincere. E poi? Per morire; come Staff, come tutti, uno dopo l'altro. Era stanco, stanco... La macchinetta del caffè mise un fischio, vaporando improvvisa e quasi festosa. Màtter balzò su come a un richiamo. Aspettò che la tazzina fosse piena, bevve. Poi accese una sigaretta, si passò una mano sulla fronte come per scacciare un cattivo sogno, e andò allo scrittoio. C'era un mucchio di pagine, piene di minuti caratteri manoscritti; la tesi di laurea di uno studente ricco, da rivedere e correggere per cinquanta marchi: una somma. Sedette e ricominciò la lettura, annotando di tratto in tratto, attento; e con la lettura ricominciava la vita, la sua vita; quella che lo avrebbe portato — presto o tardi o mai, non importava — alla mèta che non potevano aver veduto nè Staff il miope, nè Heinz il presbite, nè Maurizio l'astigmatico.

E questo riprendere, nudo e impavido, il cammino, era sì un assoluto; l'unico assoluto che possa dissetare gli uomini, l'unico che possa portare, ai lor occhi ciechi, le stelle; ed è: ascoltarsi e viversi.